KB242492

AI가 알려주지 않는 문단 쓰기의 비밀

끝까지 완성하는 글쓰기 수업

AI가 알려주지 않는 문단 쓰기의 비밀

끝까지 완성하는 글쓰기 수업

강진 지음

가위바위보

글이 안 써지는 진짜 이유는 문장이 아니라 '문단'이다

글쓰기 강의를 할 때 자주 듣는 말이 있다.

"글이 자꾸 딴 길로 새요."
"문장을 쓰다 보면 길어지게 돼요. 어디서 끊어야 할지 모르겠어요."
"첫 문장은 잘 시작하는데, 그다음부터 막혀요."

이런 고민의 밑바닥에는 하나의 공통된 문제가 깔려 있다. 바로 문단 단위로 생각하고 쓰는 훈련이 덜 되었다는 점이다. 많은 사람들이 글을 쓸 때 '문장'에 힘을 준다. 하지만 '문단'을 어떻게 시작하고 채우고 마무리해야 하는지는 잘 모른다. 좋은 문장을 베껴 쓰고 수집하며 글쓰기 연습을 하지만 정작 문단이 무엇이고 어떻게 이뤄져 있는지 의문을 갖지는 않는다. 문장 하나하나를 잘 써도 하나의 완결된 문단이 되지 못하면 글은 제자리를 맴돌든가 아니면 어수선해진다. 그러면 글쓴이가 정확하게 무엇을 말하고 싶은지 알 수 없게 된다.

문단은 단순히 여러 문장을 묶은 덩어리가 아니다. 문장이 집을 짓기 위한 벽돌이라면, 문단은 그 벽돌이 모여 만드는 공간이다. 벽돌을 아무렇게나 쌓아두면 그저 벽돌 더미에 불과하지만 설계에 맞춰 쌓으면 우리가 머물 수 있는 거실이 되고 침실이 된다. 하나의 문단은 글쓴이의 의도가 들어간 독립된 공간이다.

문단은 생각의 단위이고, 의미의 단위다. 그리고 독자에게는 숨의 단위다. 문장이 생각을 언어로 옮기는 작업이라면 문단은 그 생각들을 나누고 정리하고 이어주는 작업이다. 문단을 잘 쓴다는 것은 곧 사고를 논리적으로 조직할 수 있다는 뜻이다. 글을 쓸 때 어디서 끊고 어디서 이어야 하는지를 아는 사람은 문장을 넘어 글 전체를 설계할 수 있다. 따라서 문단을 제대로 쓰는 법을 익히면 글쓰기는 그 자체로 하나의 흐름이 되고, 독자를 이끄는 힘을 갖게 된다.

좋은 문단은 하나의 레고 블록 같다. 문단 단위 글쓰기를 강의할 때 이 표현을 자주 쓰곤 한다. 문단은 그 자체로 단단하고 완결되어 있으며 다른 문단과의 결합이 유연하다. 글 전체가 여러 종류의 레고 블록을 결합시키는 과정이라면 그 하나하나는 문단이다. 하나의 레고 블록은 단순해 보이지만 정확한 위치에 놓일 때 비로소 전체 구조를 완성한다.

좋은 문단은 독자에게 '이해'가 아니라 '이해하게 되는 흐름'을 제공한다. 따라서 문단을 이해하는 것은 글을 쓰는 사람뿐만 아니라 읽는 사람에게도 중요한 단위다. 우리가 흔히 하는 실수는 글을 '한 문장 한 문장'으로만 보려는 것이다. 하지만 좋은 글은 '문단 단위로 사유된 문장들'의 연속이다. 문장이 수평적이라면, 문단은 수직적이다. 깊이 있는 문장은 단어의 선택에서 오지만, 깊이 있는 글은 문단의 구조와 문장 간의 관계에서 생겨난다. 이 차이는 단순히 언어 능력이 아니라, 사고의 밀도와 리듬을 얼마나 조율할 수 있느냐는 능력 문제다. 때로는 장면 하나를 묘사하는 데 몇 개의 문장을 사용하고, 때로는 몇 개의 문장이 긴 생각을 논리적으로 끌고 가며 하나의 문단을 완성하기도 한다.

그런데 문단을 배우는 가장 좋은 길은 의외로 단순하다. 좋은 문단을 보고, 읽고, 따라 써보는 것이다. 나는 글쓰기 강의에서 종종 소설의 한 대목을 필사하게 한다. 필사는 가장 느리게 책을 읽는 방법이다. 느리게 읽으면 보이는 것들이 많아진다. 단어의 배열, 문장의 리듬, 묘사의 방식, 문단을 여는 문장과 맺는 문장의 역할, 문단의 감정 곡선 등. 차를 타고 지나가면 보이지 않았던 것들이 천천히 걸을 때 보이는 것처럼.

그래서 이 책에서는 소설가들이 쓴 좋은 문장과 문단을 필사의 대상으로 삼았다. 이미 고전이 된 그들의 문장을 예시로 들어 문단의 이론을 쉽게 이해할 수 있도록 설명을 넣었다. 그들의 문장을 읽고 분석하고 손으로 따라 쓰다 보면 문단이 무엇인지 저절로 체화할 수 있을 뿐만 아니라 글의 '쓰는 감각'과 '읽는 눈'을 동시에 기를 수 있다. 굳이 현란한 수식이 아니더라도 장면을 생생하게 만들고, 설명하지 않고도 감정을 전달하는 방법을 익힐 수 있다. 치밀하게 구성된 문단의 설계 비결을 저절로 알게 되며, 무엇보다 글의 호흡을 몸으로 익히는 경험을 하게 된다.

이 책은 총 4장으로 구성되어 있다.

1장에서는 문단이란 무엇인지, 어떻게 생각을 문단 단위로 나눌 수 있는지, 문단의 호흡과 리듬은 어떻게 만들어지는지를 다룬다. 2장에서는 문단의 구조를 해부하여 중심문장과 뒷받침문장 사이의 관계를 미세하게 살펴본다. 3장에서는 묘사, 서사, 정보의 흐름, 반복과 대비 등 문단을 구성하는 문장 간의 관계를 소설 작품을 통해 분석하고, 4장에서는 소설 속 문장을 변형하여 직접 문단을 써보는 실습으로 이어진다. 1장에서 4장까지 이론에서 예시로 사용된 소설 문단은 각 장의 끝에서 필사하며 익힐 수 있게 구성했다. (소설가들이 쓴 문단이 이 책에서 설명하는 문단의 기본 범주에 다 들어오진 않는다. 소설은 예술이니까 형식의 파괴쯤이야 얼마든지 할 수 있기 때문이다. 하지만 소설 문단을 필사하면서 소설가들이 어떻게 문단을 운용하는지에 대해서는 깊이 이해할 수 있을 것이다.)

이 책은 의미 단위인 문단을 이해하고, 문단의 감각을 몸으로 익히는 방법을 안내하고자 한다. 문단이 무엇이고 어떤 기능을 하는지 알았다면, 소설 문장 필사를 통해 눈과 손이 함께 문장을 익히고 써보는 실습을 하며 자신의 언어로 전환해보길 권한다. 특히, 고전 문학작품의 문장은 오랜 시간 살아남은 검증된 문장이다. 그것을 빌려 문단 쓰기의 근육을 단련해본다면 어느 순간 여러분의 글에도 그 깊이와 호흡이 자연스럽게 스며들 것이다.

글쓰기를 어려워하는 사람일수록 문단부터 시작해야 한다. 한 문단을 제대로 쓸 수 있다면 한 편의 글도 쓸 수 있다. 문장이 아닌 문단에서 출발할 때 글쓰기의 풍경은 달라진다.

차례

1장

문단은 어떻게 글이 되는가

문단이 나뉘지 않을 때 벌어지는 일 :

다음 글은 영화 〈수라〉를 보고 쓴 에세이의 한 부분이다. 내용상으로는 여러 개의 문단으로 나눠야 하지만 여기서는 하나의 문단으로 붙여보았다. 이렇게 문단을 나누지 않았을 때 글쓴이의 의도대로 표현될 수 있을까? 또 독자들은 글의 흐름을 잘 이해하며 읽을까?

일요일 외출은 그다지 달갑지 않지만 기꺼이 집을 나섰다. 영화 〈수라〉를 보러 가는 길이다. 지하철역까지 걸어가면서 주위를 두리번거리기도 하고 잠시 멈춰 서서 나뭇가지를 올려다보기도 한다. 방금 막 날아오르는 까치를 눈으로 좇다가 참새 네 마리가 담장 위에 앉아 있는 걸 발견했다. 가끔은 가방에서 작은 쌍안경을 꺼내서 새를 관찰하기도 한다. 새들에게 관심이 생긴 건 등산을 하면서부터다. 청계산에서 딱따구리가 나무 쪼아대는 소리를 처음 들은 게 2년 전쯤이다. 따르르르르르. 나뭇잎 때문에 딱따구리를 볼 수는 없었지만 나무 쪼는 소리가 그칠 때까지 상수리나무 아래 서 있었다. 그날 이후 그곳을 지날 때면 나도 모르게 그 상수리나무를 올려다보곤 했다. 딱따구리가 그 나무에 숨어 있을 것만 같았다. 다시 딱따구리를 만난 건 올봄 양천향교 뒷산 궁산에서였다. 이번에는 나무를 쪼아대는 딱따구리 모습을 가까이서 봤고 스마트폰으로 촬영까지 했다. 30초 정도의 짧은 영상이지만 딱따구리의 모습과 소리가 선명하게 담겨 있다. 카카오톡 채팅방에 올렸더니 친구들이 신기해하며 한마디씩 했다. 사실 나는 지난 일요일에도 영화 〈수라〉를 보러 아트하우스 모모에 갔었다. 〈수라〉에 대한 대략 정보는 있었지만 영화관 스크린으로 만난 수라 갯벌의 풍경은 내가 상상했었던 것보다 훨씬 아름다웠다. 화면 가득 검은머리갈매기 모습이 스크린을 꽉 채웠을 땐 탄성이 나왔다. 아름답다는 건 설명하지 않아도 알 수 있다고 했는데 그런 순간이 있다면 지금이겠구나, 싶은 생각이 들었다. 그리고 지난 3월 군산 여행에서 봤던 가창오리떼가 생각났다.

– 강진, 〈아름다운 것을 본 죄〉

이 글에는 서로 다른 핵심 덩어리(사건의 축)가 최소 4개가 있다. ① 일요일에 영화를 보러 가는 외출(현재) ② 새를 관찰하는 개인적 관심 ③ 청계산과 궁산에서 딱따구리를 목격한 경험(과거) ④ 영화 〈수라〉 관람과 자연 풍경에 대한 감동이다. 길지 않은 글이지만 시간 이동이 잦다.

'일요일 외출'과 '지하철역까지 걸어가면서'는 현재다. 과거는 '2년 전 청계산', '올봄 궁산', '지난 일요일 영화 관람', '지난 3월 군산 여행'인데 조금 복잡하게 시간의 흐름이 섞여 있다. 한 문단 안에서 '현재'와 '과거'가 자꾸 충돌한다. 문단의 구분이 없으면 독자는 지금 걷고 있는 장면인지, 기억을 떠올리는 내용인지, 영화를 본 뒤의 회상인지를 매번 문장 앞에서 추론해야 한다. 결과적으로 시간의 흐름이 자연스럽게 느껴지지 않고 문장 단위로 추론을 해야 하기 때문에 가독성도 떨어진다.

이 예시문은 잘 짜인 감정 곡선을 갖고 있다. 가벼운 외출, 사소한 관찰, 개인적 기억의 축적, 자연에 대한 감각의 성장, 영화를 통한 정서적 폭발, 또 다른 자연 기억으로의 확장이 그것이다. 글쓴이의 의도는 이런 작은 감정들을 축적시켜 상승 곡선을 만드는 것이었다.

"아름답다는 건 설명하지 않아도 알 수 있다고 했는데 그런 순간이 있다면 지금이겠구나"라는 문장이 이 글의 정서적 정점인데, 앞뒤 문장과 같은 덩어리로 묶이면서 클라이맥스로 느껴지지 않고 그냥 지나가는 문장이 되어버렸다. 문단을 구분하지 않아서 '상승'이 아니라 '병렬 나열'이 된 것이다. 문단을 나누지 않는다면 독자의 감정 전환이 둔해지고 사유의 층위도 쌓기 어려워진다. 감정이 모였다가 터지는 지점이 불분명해진다.

결국 어디서 멈춰 생각해야 할지 알기 어렵고, 기억에 남는 핵심 장면도 흐려진다. 글이 부족해서가 아니라 문단이라는 사고의 이정표가 생략되었기 때문에 생기는 불리함이다.

이제 한 덩어리로 된 위의 글을 문단 단위로 나눠보자.

①일요일 외출은 그다지 달갑지 않지만 기꺼이 집을 나섰다. 영화 〈수라〉를 보러 가는 길이다. 지하철역까지 걸어가면서 주위를 두

리번거리기도 하고 잠시 멈춰 서서 나뭇가지를 올려다보기도 한다. 방금 막 날아오르는 까치를 눈으로 좇다가 참새 네 마리가 담장 위에 앉아 있는 걸 발견했다. 가끔은 가방에서 작은 쌍안경을 꺼내서 새를 관찰하기도 한다.

②새들에게 관심이 생긴 건 등산을 하면서부터다. 청계산에서 딱따구리가 나무 쪼아대는 소리를 처음 들은 게 2년 전쯤이다. 따르르르르르. 나뭇잎 때문에 딱따구리를 볼 수는 없었지만 나무 쪼는 소리가 그칠 때까지 상수리나무 아래 서 있었다. 그날 이후 그곳을 지날 때면 나도 모르게 그 상수리나무를 올려다보곤 했다. 딱따구리가 그 나무에 숨어 있을 것만 같았다.

③다시 딱따구리를 만난 건 올봄 양천향교 뒷산 궁산에서였다. 이번에는 나무를 쪼아대는 딱따구리 모습을 가까이서 봤고 스마트폰으로 촬영까지 했다. 30초 정도의 짧은 영상이지만 딱따구리의 모습과 소리가 선명하게 담겨 있다. 카카오톡 채팅방에 올렸더니 친구들이 신기해하며 한마디씩 했다.

④사실 나는 지난 일요일에도 영화 〈수라〉를 보러 아트하우스 모모에 갔었다. 〈수라〉에 대한 대략 정보는 있었지만 영화관 스크린으로 만난 수라 갯벌의 풍경은 내가 상상했었던 것보다 훨씬 아름다웠다. 화면 가득 검은머리갈매기 모습이 스크린을 꽉 채웠을 땐 탄성이 나왔다. 아름답다는 건 설명하지 않아도 알 수 있다고 했는데 그런 순간이 있다면 지금이겠구나, 싶은 생각이 들었다. 그리고 지난 3월 군산 여행에서 봤던 가창오리떼가 생각났다.

①은 현재 영화 〈수라〉를 보러 가는 길, ②는 과거 청계산에서 본 딱따구리, ③은 청계산 딱따구리를 만난 후 궁산에서 다시 만난 딱따구리, ④는 영화 〈수라〉를 봤던 지난 일요일, 이렇게 문단을 4개로 나눠보았다. 각 문단은 '현재 - 관심·경험1- 관심·경험2 - 감동·확장'이라 역할을 맡고 있다. 물론 '관심·경험1'과 '관심·경험2'를 하나의 의미 덩어리로 보고 한 문단으로 합칠 수도 있다. 문단을 합칠 때에는 문단의 크기를 고려해야 한다. 이렇게 문단을 나누면 각각의 문단 안에서 시간이 고정되어 독자에게 혼동을 주지 않을 뿐더러 글쓴이는 감정의 정점을 향해 의미 덩어리를 차곡차곡 쌓을 수 있다.

결국 문단을 나눈다는 것은 글의 모양을 정리하는 문제가 아니다. 글쓴이에게 글의 의도를 드러내는 도구이며 독자의 사고를 안내하는 일이다. 문단이 나뉘면 독자는 지금 읽고 있는 내용이 하나의 생각인지, 다른 생각으로 넘어가는 지점인지를 자연스럽게 인식할 수 있다. 또 시간의 이동, 주제의 전환, 감정의 고조를 무리 없이 따라갈 수 있다. 문단이 나뉘지 않으면 글의 의미는 흐려지고, 감정의 정점은 묻히며, 잘 쓴 문장조차 단순한 나열이 되고 만다. 그래서 문단을 나눈다는 것은 의미를 묶어줌으로써 독해를 배려하는 가장 기본적인 글쓰기 장치다.

문단이 '읽기'와 '쓰기'의 방향을 결정한다 :

글이 어렵게 느껴질 때 흔히 문장을 고치려 든다. 하지만 독자가 글을 '읽어보고 싶다'고 판단하는 순간은 문장보다 문단에서 결정된다. 글은 문장으로 쓰이지만, 독자는 문단으로 읽기 때문이다. 문단은 생각을 나누는 단위이자, 감정과 논리를 질서 있게 전달하는 구조다. 문단 안에서의 줄바꿈과 들여쓰기는 단순한 편집 규칙이 아니라, 독자에게 보내는 첫 번째 신호다. 이 신호에 따라 글은 '쉽게 읽히는 글'이 되기도 하고, '부담스러운 글'이 되기도 한다. 두 번째 신호는 문단에서 말하려는 중심 생각, 즉 중심문장을 잘 파악할 수 있게 만든다. 문단 안에서는 하나의 생각이 중심을 잡고, 여러 문장이 그 생각을 떠받친다.

도대체 문단이란 무엇이며, 어떤 형식을 가지고 있는지 지금부터 살펴보겠다.

문단의 형식: 줄바꿈과 들여쓰기

지금 눈앞에 책장이 보이거든 책장에 꽂힌 책 한 권을 꺼내서 아무 곳이나 펼쳐보라. 펼친 책의 한 페이지는 몇 개의 문단으로 되어 있는가. 나는 마음산책출판사에서 2013년에 발행한 로맹가리 《레이디L》을 꺼내 펼쳐보겠다. 61쪽은 여섯 개의 문단이고, 86쪽은 한 페이지가 하나의 문단으로 되어 있다. 여러분도 무심코 펼친 책의 한 페이지가 몇 개의 문단인지 금방 알 수 있을 것이다. 문단이 새로 시작되면 줄바꿈과 들여쓰기가 되어 있기 때문이다. 줄바꿈과 들여쓰기는 문단이 새로 시작되었다는 표시다. 이것은 문단의 시작을 알리는 중요한 형식이다.

그렇다면 독자는 문단의 형식을 심리적으로 어떻게 받아들일까? 책의 한 페이지가 여섯 개의 문단으로 이뤄진 로맹가리 《레이디L》의 61쪽을 펼쳤다면 속으로 '잘 읽히겠는걸.', '쉽게 읽을 수 있겠어.' 이런 생각이 들 것이다. 여러 개의 문단으로 구성된 페이지는 여백이 있고 그 여백은 독자에게 읽는 부담을 덜어준다. 내용이 어떻든 간에 여백만을 봤을 뿐인데도 그렇다. 반면, 하나의 문단으로 된 86쪽은 어떨까? '어려운 내용일 거야.', '쉽게 읽히지 않겠네.', '여유가 있을 때 읽어야겠어.' 이런 생각이 들 것이다. 여백은 거의 없고 글자들로 빽빽하게 채워져 있으니까. 아직 한 문장도 읽지 않았는데 문단은 글을 대하는 독자의 심리 상태에 영향을 미친다.

줄바꿈과 들여쓰기는 독자에게만 신호를 주는 게 아니다. 문단의 형식을 이해하면 글쓴이는 글을 쓸 때 독자에게 신호를 보낼 수 있다. 줄바꿈을 자주 하지 않으면서 글을 쓴다면 '이 글은 천천히 곱씹으면서 읽었으면 좋겠어.', '깊이 있는 내용들이야.', '빨리 읽다가는 체할 수 있어.' 같은 의도를 줄 수 있다. 줄바꿈을 자주 하면서 글을 진행하면 '쉽게 읽히고 가벼운 내용이야.', '재미있게 읽다 보면 글쓴이의 의도가 뭔지 알 수 있을 거야.' 같은 의도를 내포한 셈이다.

물론 줄바꿈과 들여쓰기를 의도적으로 무시한 소설들도 있다. 주제 사라마구의 《눈먼 자들의 도시》는 줄바꿈 없이 진행되고, 호르헤 루이스 보르헤스의 소설들은 줄바꿈을 별로 하지 않거나 지나치게 자주 한다. 조르주 페렉의 《임금 인상을 요청하기 위해 과장에게 접근하는 기술과 방법》이라는 소설은 문단을 나누기는커녕 심지어 소설 전체가 한 문단으로만 되어 있다. 우리가 알고 있는 문단 쓰기에서 벗어나 있다. 그들은 일부러 문단을 구분하지 않았거나 문단을 일부러 많이 만들었거나 아니면 아예 문단이란 걸 만들지 않았다. 이 모든 건 주제 사라마구가, 호르헤 루이스 보르헤스가, 조르주 페렉이 의도한 형태다.

소설에서는 문단을 또박또박 나누지 않아도 된다. 소설은 예술이니까 형식의 파괴쯤이야 얼마든지 할 수 있다. 예술은 이전에 없었던 걸 해야 한다는 강박이 있다. 그게 형식이든 내용이든 말이다. 하지만 분명한 건 주제 사라마구도, 호르헤 루이스 보르헤스도, 조르주 페렉도 습작할 때엔 문단의 형식을 익히고 부단히 많은 글을 썼을 거라는 사실이다. 파블로 피카소가 처음부터 대상을 해체하고 재구성하는 작업을 한 것은 아니다. 어린 시절 아버지로부터 전통적인 미술 교육을 받으며 데생(드로잉)의 기본기를 철저히 배웠다. 데생을 통해 사물의 형태나 공간의 깊이, 빛이 만들어내는 명암을 깊이 탐구할 수 있었다. 이런 데생 작업을 통해 길러진 관찰력은 대상을 단순하게 재현하는 것을 넘어 내면의 감정이나 사물의 본질을 포착하는 능력으로 이어질 수 있었다.

글을 '보기 좋게' 하려고 줄바꿈과 들여쓰기를 하는 것이 아니다. 문단이 새로 시작될 때의 줄바꿈과 들여쓰기는 글쓴이가 새로운 주제, 새로운 장면, 또 다른 감정, 논리의 단위로 넘어간다는 것을 알려주는 장치다. 글쓴이는 문단 단위를 이해하고 글을 전개해야 한다. 그래야 그 문단에서 말하고자 하는 것, 즉 문단의 목적을 달성할 수 있다. 독자는 글을 읽으며 문단과 문단 사이의 변화를 잘 감지해야 한다. 정보가 뒤섞인 글의 맥락을 이해하는 요소 단위가 문단이기 때문이다. '줄바꿈과 들여쓰기'라는 문단의 표지(標識)를 글을 쓰는 사람은 잘 활용하고, 글을 읽는 사람은 잘 이해해야 하는 이유가 여기에 있다.

문단의 정의: 하나, 중심문장, 뒷받침문장

글을 이루는 요소에는 어휘, 문장, 문단이 있다. 글 전체로 보면 문단은 글을 이루는 요소의 중간 단위다. 문단의 사전적 정의는 '하나의 내용을 담고 있는 문장들의 집합'이다. 여기서 중요한 키워드는 '하나'라고 하는 것과 '문장들의 집합'이라는 것이다.

문단이란 하나의 생각, 하나의 감정, 하나의 장면을 담아내는 그릇이다. 따라서 '하나'에 집중되어야 한다. 그런데 문단은 여러 개의 문장들로 이뤄져 있다. (물론 예외적으로 하나의 문장이 하나의 문단이 되는 경우도 종종 있다.) 문장은 의미의 재료이고, 문단은 그 의미들을 엮어내는 구조다.

그렇다면 이 문장들은 어떤 구조로 되어 있을까. 문단을 이루는 문장들은 '중심문장'과 '뒷받침문장'으로 나뉜다. 중심문장은 문단의 중심 내용을 담고, 뒷받침문장은 중심문장을 구체화하거나 부연하거나 설명하는 역할을 한다.

다음 소설 문단을 읽으며 중심문장과 뒷받침문장을 찾아보자.

> 아버지의 기력은 점차 쇠해갔다. 나를 놀라게 했던, 손수건이 매달린 그 낡은 밀짚모자는 자연히 내팽개쳐졌다. 나는 거무스름한 선반 위에 놓인 그 밀짚모자를 볼 때마다 아버지가 가여워졌다. 아버지가 기운차게 움직이실 때는 좀 더 몸을 아끼셨으면 하고 걱정만 했는데, 막상 아버지가 가만히 앉아 계셔야만 하는 처지가 되니 역시 예전의 건강했던 때가 좋았다는 생각이 들었다. 나는 아버지의 건강에 대해 어머니와 자주 이야기를 나누었다.
>
> – 나쓰메 소세키, 《마음》

포인트 "아버지의 기력은 점차 쇠해갔다"가 중심문장이고 그 이하의 문장은 뒷받침문장이다. '아버지는 조금씩 쇠약해졌다'라는 중심 내용을 먼저 쓰고 나서, 아버지가 기력이 약해졌기 때문에 뒤따르는 일들을 통해 아버지와 나, 어머니에게 어떤 변화가 생겼는지 구체화하고 있다.

손수건이 매달린 그 낡은 밀짚모자가 방치되었고, 방치된 아버지의 밀짚모자를 볼 때마다 약해진 아버지가 가여운 나의 심정, 그리고 어머니와 함께 아버지의 건강을 염려하는 마음 등이 이어지면서 중심문장의 내용을 구체화하고 있다.

싸워서 이겨낸 전쟁이 있었다. 승리한 이들의 거대한 도시는 황금색 기념비들이 곳곳에 세워졌고, 거리는 위대함과 영광이 깃들어 있었다. 6월의 긴 낮이 뿜어내는 정취 아래, 승리한 병사들은 둔탁하게 울리는 북소리와 금관악기의 요란한 포효를 뒤로하며 성문을 지나 행진했다. 긴 봄날 내내 상인들과 사무원들은 펜과 장부를 내려놓고 창가로 몰려들었다. 그들은 창백한 얼굴로, 엄숙하게 지나가는 병사들의 행렬을 지켜보았다. 거리는 던져진 꽃들—흰색, 붉은색, 그리고 장밋빛 꽃들로 생생하게 물들었고, 보도는 마침내 선명하고 거대한 정원처럼 변해버렸다.

-F. 스콧 피츠제럴드, 〈5월의 첫날〉

포인트 "싸워서 이겨낸 전쟁이 있었다"라는 중심 내용을 맨 앞에 배치했다. 그 뒤로 전쟁에서 이겨서 귀환한 병사들의 행진, 그것을 바라보는 시민들의 모습 등으로 승전의 기쁨을 구체화해서 보여주고 있다.

위의 소설 문단에서 본 것처럼 하나의 문단에는 중심문장이 있고 그것을 뒷받침하는 문장들이 있다. 그렇게 해서 문단의 문장들은 중심문장을 중심으로 하나의 의미 단위를 만든다. 글쓴이의 생각이 한 문장(중심문장)에 집약되어 나타나지만, 중심문장에서 말하고 싶은 의도는 뒷받침 문장에서 덧붙이는 설명과 구체적 내용을 통해 더 자세해진다. 문단이 단순한 끊김이 아니라 사고의 흐름을 보여주는 방식이며, 읽기와 쓰기의 방향을 함께 잡아주는 지표라고 말하는 이유다.

하나의 문단은 하나의 생각을 담아야 한다

문단은 생각의 집이다. 따라서 하나의 문단은 하나의 생각을 담아야 한다. 이 기본 원칙이 지켜질 때 글은 독자에게 명확한 인상을 남긴다. 하나의 문단에 여러 개의 핵심 생각이 섞이면 독자는 어디에 집중해야 할지 혼란스러워지고, 글의 초점이 흐릿해진다.

좋은 문단을 구성하려면 먼저 '무엇을 말할 것인가'를 분명히 해야 한다. 핵심 생각이 정해지면 그 생각을 뒷받침할 이유, 근거, 예시, 설명, 인용 등을 덧붙이며 문단을 확장해간다. 이때 중요한 건 문장들이 중심 생각을 향해 있어야 한다. 중심 생각과 관련 없는 문장이 끼어들면 글의 힘이 약해진다. 문단의 크기보다 중요한 것은 문단의 통일성과 집중력이다.

예를 들어 보자. "책상 위의 물건은 그 사람의 성격을 보여준다"라는 중심 생각이 있다면, 그 문단은 책상 위의 정리 상태, 놓인 물건의 종류, 물건을 대하는 태도 등을 근거로 삼아야 한다. 갑자기 그 사람의 옷차림이나 대화 스타일을 말하기 시작하면 문단은 길을 잃는다.

좋은 문단은 하나의 핵심 생각을 중심에 두고 구성된다. 이 생각이 명확해야 문단을 이루는 문장이 흔들리지 않는다. 문단을 나눈다는 것은 내용의 흐름 속에서 생각의 단위를 정확히 구분하는 일이다. 주제를 정리하고, 그 주제를 뒷받침할 근거와 예시를 구성하며, 다음 생각으로 자연스럽게 넘어가게 하는 연결의 기술까지 문단의 역할에 포함된다.

문단을 잘 쓴다는 건 생각을 '한 덩이씩' 꺼내는 기술이다. 글이 막힌다는 것은 대부분 이 생각 덩어리를 잡지 못했다는 말이다. 다음 문단에서 어떤 걸 중심 생각으로 잡을지 모른다는 말과 같다. 다시 말하지만 하나의 문단에는 하나의 중심 생각이 있어야 한다. 그 중심 생각을 기준으로 문장을 이어가고 배열해야 한다. 중심 생각은 주제일 수도 있고, 장면일 수도 있다. 중요한 건 '지금 내가 말하려는 것이 무엇인지'를 글쓴이 스스로 분명히 하는 것이다. 생각을 단위로 쪼개고, 차례차례 쌓아가는 힘이 곧 문단의 힘이다.

모든 문장은 중심 생각을 둘러싼 '위성 문장'처럼 중심문장을 돌면서 그 의미를 확장하거나 구체화해야 한다. 다음 소설 문단을 보면서 중심 생각과 그것을 뒷받침하는 근거, 예시를 찾아보자.

> 그날, 남자는 아침부터 컨디션이 좋지 않았다. 온몸이 쑤시고 눈언저리에선 열이 나고 머리까지 지끈거렸다. 그 몸으로 동물병원에 나간 것은 맡겨진 개 한 마리 때문이었다. 여행에서 돌아오는 길에 찾아가겠다던 개 주인은 약속 시간이 한참 지났지만 나타나지 않았다. 발을 책상 위

로 올리고 의자 등받이를 뒤로한 채 두통이 가라앉기를 기다리고 있었다. 일부러 버티컬을 열지 않았기 때문에 실내는 어두웠고, 티브이에서 뻗어 나온 푸른 빛이 한쪽 벽을 채우고 있을 뿐이었다. 오래된 명화를 상영해주는 프로그램이었다.

– 강진, 《너는, 나의 꽃》 중 〈너는, 나의 꽃〉

포인트 위 문단은 한 문장의 중심 상황을 제시한 뒤 그 상황을 신체 상태, 행동, 공간 묘사로 확장하고 있다.
문단 전체를 관통하는 중심문장은 "그날, 남자는 아침부터 컨디션이 좋지 않았다"이다. 이후의 모든 문장은 이 문장을 설명, 구체화, 증명하는 역할을 한다. '신체 증상 → (그럼에도 불구하고) 책임을 다하려는 행동 → 기다림 → 무기력한 자세 → 어두운 공간'이라는 요소가 겹겹이 쌓이며 중심문장을 구체화할 뿐만 아니라 소설 속 '그'의 성격을 드러내는 데도 기여한다.

그럼에도 여러분은 제게 이의를 제기할지도 모르겠습니다. 왜 여성의 글쓰기에 그토록 큰 의미를 부여하느냐고 말이죠. 너무 많은 중요성을 부여하고 있죠? 제가 말했던 것처럼 글쓰기는 엄청난 노력을 요하는 일이고, 어쩌면 (글 쓸 시간을 벌기 위해) 숙모를 살해하게 될지도 모르며, 오찬 모임에는 예외 없이 늦게 될 것이고, 아주 훌륭한 이들과 심각한 논쟁을 벌여야 할지도 모르는데 말입니다. 솔직히 고백하자면, 저의 동기는 어느 정도 이기적입니다. 제대로 교육받지 못한 대부분의 영국 여성들처럼 저 역시 책읽기를 무척 좋아합니다. 그것도 산더미처럼 쌓아놓고 읽는 것을 좋아하지요. 그런데 최근 제 독서 식단이 조금 단조로워졌습니다. 역사는 온통 전쟁 이야기뿐이고, 전기는 위대한 남자들 이야기 일색입니다. 시는 점점 빈약해지는 것 같고, 소설은…… 현대 소설 비평가로서 제 무능함은 이미 탄로 났으니 더 말하지 않겠습니다. 그러니 제발, 사소한 주제든 거창한 주제든 주저하지 말고 온갖 종류의 책을 써주시길 부탁드립니다.

– 버지니아 울프, 《자기만의 방》

포인트 위 문단은 여성의 글쓰기를 강조하는 이유에 대해 의문을 제기하면서 시작된다. 이후의 문장들은 이 질문에 대한 화자의 동기, 배경, 논리적 이유를 구체적으로 설명하는 역할을 한다.

즉 중심문장에서 제기한 '여성의 글쓰기가 왜 중요한가'라는 질문에 대해 화자는 개인적 경험과 사회적 맥락을 제시하며 중심 내용을 뒷받침한다. 위 문단의 마지막 문장 "그러니 제발, 사소한 주제든 거창한 주제든 주저하지 말고 온갖 종류의 책을 써주시길 부탁드립니다"는 중심문장의 질문에 대한 답변이자 결론이다.

좋은 문단을 만드는 4가지 요건 :

"글쓰기는 빙산과 같다. 보이는 것은 일부이고, 보이지 않는 구조가 글을 떠받친다."

어니스트 헤밍웨이의 말이다. 글쓰기에서 글의 구조가 얼마나 중요한지 강조하고 있다. 좋은 문단은 겉으로 드러난 문장 몇 개로 평가되지 않는다. 그 문단 안에는 하나의 중심 생각이 단단히 자리 잡고 있고 그 생각을 뒷받침하는 문장들이 질서 있게 배치되어 있어야 한다. 독자는 문단을 읽으며 자연스럽게 지금 이 문단이 무엇을 말하고 있는지를 파악할 수 있어야 한다.

그렇다면 좋은 문단은 어떤 요건을 가지고 있어야 할까?

먼저, 중심이 명확해야 한다. 명확한 주제문을 가지고, 그 생각을 뒷받침하는 문장들로 구성되어야 한다. 처음과 끝의 문장이 힘을 가지며, 중간 문장은 내용을 구체화하거나 감정을 깊게 해야 한다. 문장 간 논리적 흐름이 자연스러우며, 군더더기 없이 읽히는 응집력이 있어야 한다. 중심이 명확하면 읽는 사람이 방향을 잃지 않는다. 중심이 흔들리는 문단은 말하고자 하는 바가 불분명해져 독자의 이해를 방해한다.

중심이란 곧 문단 안에서 가장 강조하고자 하는 핵심 생각으로, 이를 기준으로 뒷받침문장이 구성되어야 한다. 만약 중심 생각과 관련 없는 정보나 예시가 끼어들면 문단은 산만해지고 설득력도 약해진다. 글쓴이는 문단을 쓰기 전에 반드시 '내가 이 문단에서 말하고 싶은 핵심은 무엇인가'를 자문해야 한다. 중심이 분명한 문단은 짧아도 힘이 있고, 긴 문단도 명료하게 전달된다.

둘째, 흐름이 자연스러워야 한다. 흐름이 자연스러우면 문장들이 많아도 한몸처럼 읽힌다. 문장과 문장이 매끄럽게 이어지지 않으면 아무리 좋은 생각이라도 독자에게 제대로 전달되지 않는다. 앞 문장에서 던진 개념이나 정보를 다음 문장이 자연스럽게 받아야 글이 살아 움직인다. 이때 연결어를 적절히 활용하거나, 반복과 변주를 통해 문장의 리듬을 조율하는 것이 도움이 된다. 흐름이 좋은 문단은 독자로 하여금 멈추지 않고 읽게 만든다. 결국 문단의 자연스러운 흐름은 글의 설득력과 전달력을 결정짓는 핵심 요소다.

좋은 문단은 그 자체로 독립적이면서 앞뒤 문단과 연결성의 균형을 가지고 있어야 한다. 하나의 문단이 완결된 생각을 담고 있지 않으면 독자는 내용을 이해하기 어려워진다. 동시에, 문단이 앞뒤 문단과 너무 단절되어 있으면 글 전체의 흐름이 끊기고 만다. 그래서 각 문단은 중심 생각을 또렷이 드러내되 앞 문단의 주제를 자연스럽게 이어받거나 다음 문단으로 매끄럽게 넘어갈 수 있도록 짜임새 있게 구성되어야 한다. 이러한 균형이 잡힐 때 글은 논리적으로 전개되고 독자 역시 글쓴이의 생각을 따라가기 쉬워진다. 글쓰기는 결국 문단과 문단 사이의 조화를 이끌어내는 작업이기도 하다.

셋째, 문단의 길이는 내용의 깊이와 호흡에 따라 조절되어야 한다. 문단의 길이는 규칙이 아니라 선택의 문제다. 문단이 길어야 내용이 깊이 있는 것도 아니고 짧아야 읽기 쉬운 것도 아니다. 중요한 것은 그 문단이 담고 있는 내용의 밀도와 독자가 감당해야 할 호흡이다. 하나의 생각을 충분히 설명해야 할 때는 문단이 자연스럽게 길어지고, 감정의 여운이나 전환을 강조해야 할 때는 짧은 문단이 더 힘을 갖는다. 만약 한 문단 안에 여러 생각이 섞이기 시작했다면 그것은 길이가 길어서가 아니라 호흡이 과도하게 이어졌다는 신호다. 반대로 문단이 지나치게 잘게 쪼개져 있다면 생각이 충분히 머물지 못하고 흩어진다. 문단의 길이는 기술이 아니라 감각의 영역이며, 글의 깊이를 조율하는 중요한 장치다.

강의하면서 가끔 이런 말을 한다.

“글은 넓게 쓰는 것이 중요한 게 아니라 깊이 있게 써야 합니다. 그 글은 넓어서 좋아, 라는 말은 하진 않아요. 그 글은 깊이가 있어서 좋아, 라는 말로 찬사를 보내죠.”

깊이 있게 글을 쓰려면 문단의 기본을 숙지하고 익히고 응용해야 한다.

넷째, 하나의 핵심 생각을 중심에 두되, 그 생각을 입체적으로 보여줘야 한다. 단순한 설명만으로는 충분하지 않다. 사례, 비유, 관찰, 통계, 개인적 경험 등 다양한 방식으로 중심 생각을 조명해야 문단에 생동감이 생긴다. 같은 생각이라도 다양한 방식으로 접근하면 문단은 단단해지고, 독자는 더 깊이 있는 이해를 하게 된다. 다음 예시문을 읽어보면 입체적 문단이 어떤 것인지 선명하게 알 수 있을 것이다.

독서는 타인의 삶을 잠시 빌려 살아보는 일이다. 책을 읽는 동안 우리는 등장인물의 생각과 감정을 따라가며, 나와 다른 선택과 처지를 자연스럽게 이해하게 된다. 레프 톨스토이의 《안나 카레니나》를 처음 읽을 때 그녀의 행동을 무책임하거나 충동적인 선택으로만 여겼다. 그러나 소설을 따라가며 안나가 느꼈을 고립감과 사회적 압박, 사랑 앞에서의 불안과 갈등에 공감하게 되었다. 안나는 단순히 규범을 어긴 여성이 아니라 그 시대가 허용하지 않았던 욕망과 감정을 온몸으로 감당해야 했던 인물이었다. 나는 도덕이나 규칙으로 사람을 재단하려 했던 편견을 돌아보게 되었다. 독서는 낯선 삶을 체험하게 함으로써 타인을 이해하는 시선을 한층 넓혀준다.

포인트 "독서는 타인의 삶을 잠시 빌려 살아보는 일이다"가 중심 생각이라면, 문단 안에는 다음과 같은 요소가 담길 수 있다.

첫째, 독서가 공감 능력을 키워준다는 설명. 둘째, 문학작품 속 인물을 통해 낯선 삶을 체험한 경험. 셋째, 독서를 통해 편견을 깨뜨린 사례. 이처럼 하나의 중심 생각을 다양한 방식으로 보여줄 때 문단은 풍부해지고 설득력도 커진다.

다음 소설 문단을 읽으며 좋은 문단의 요건을 생각해보자.

세이타로라는 조카는 요즈음 야구에 푹 빠져 있다. 다이스케가 때때로 캐치볼 상대가 되어주기도 한다. 세이타로는 별난 욕심이 있는 아이라, 매년 수많은 군고구마 장수들이 일제히 빙수 장수로 바뀌는 초여름이면 가장 먼저 달려가 땀도 나기 전에 아이스크림을 사 먹는다. 아이스크림이 없을 때는 대신 빙수라도 사 먹고는 의기양양하게 돌아온다. 최근에는 만일 스모 상설 경기장이 생기면 제일 먼저 들어가보고 싶다며, "삼촌, 스모 선수 중에 아는 사람 없어요?"라고 다이스케에게 물어본 적도 있었다.

– 나쓰메 소세키, 《그 후》

포인트 "세이타로라는 조카는 요즈음 야구에 푹 빠져 있다"와 "세이타로는 별난 욕심이 있는 아이다"가 문단의 중심문장이다.
즉 세이타로의 성향과 관심사를 제시하고 캐치볼을 즐기는 행동, 아이스크림과 빙수를 가장 먼저 사 먹는 과감한 성격, 스모 경기장에 가장 먼저 들어가보고 싶어 하는 호기심 등을 구체적으로 나열하며 중심 내용을 풍성하게 설명한다.
'세이타로의 성향과 관심사'라는 중심 내용을 여러 일화와 행동 묘사로 뒷받침해 인물의 개성을 생생하게 드러내는 문단 구성이다.

문단은 글의 호흡과 리듬을 만든다 :

마지막 퇴고 단계에서 소설가들이 꼭 해보는 게 있다. 그건 바로 '소리 내어 읽기'다. 소리 내어 읽다 보면 어떤 문장이 어색한지, 표현이 적절하지 않은지, 리듬이 자연스럽지 않은지 저절로 알게 된다. '소리 내어 읽기'는 말하기와 듣기의 결합이라 문장의 어색함을 잡아내기 적당하다. 그러나 문장만이 리듬과 호흡이 있는 것은 아니다.

문단은 글의 '숨'이다. 문장이 나열되는 흐름 속에서 문단은 호흡을 가능하게 해준다. 문장이 짧은 호흡의 단위라면 문단은 긴 호흡의 단위다. 문단이 지나치게 길면 숨이 차고, 너무 짧으면 호흡이 끊긴다. 독자가 자연스럽게 멈추고, 생각하고, 다시 읽어나갈 수 있도록 리듬을 조절하는 것이 문단의 역할이다. 특히 문단은 의미의 덩어리이기 때문에 독자가 내용을 이해하면서 계속 독서할 수 있는 '읽기 단위'로써 중요하다. 문단 하나는 독자에게 하나의 호흡을 제공한다. 문단에는 시작의 호흡, 전개의 호흡, 멈춤의 호흡이 있다. 문단이 없으면 독자에게 글은 끊어짐 없이(혹은 어디서 끊어야 할지 모른 채) 무한히 이어진 것처럼 느껴진다. 따라서 문단은 글의 리듬을 조절하는 가장 기본적인 단위다.

좋은 문단은 읽기 호흡이 자연스럽다. 문장에도 호흡이 있지만 독자의 읽기 호흡에 더 많은 영향을 주는 것은 문단의 호흡이다. 중심 생각을 뒷받침하는 문장들이 논리적으로 이어질 때 독자는 끊김 없이 문단을 읽을 수 있다. 이를 위해 연결어를 적절히 활용하는 것도 방법이다. 예를 들어, '첫째, 둘째, 셋째'와 같은 순서를 제시하거나 '예를 들어', '하지만', '그러므로' 같은 전환어를 쓰면 문단의 흐름이 매끄러워진다. 그렇지만 연결어에 너무 의존하면 문장이 기계적으로 느껴질 수 있으므로 주의해야 한다. 이제 문단의 호흡을 생각하며 다음 문단을 소리 내어 읽어보자.

> 아내가 외출만 하면 나는 얼른 아랫방으로 와서 그 동쪽으로 난 들창을 열어놓는다. 들창을 열면 햇살이 아내의 화장대를 비추어 가지각색 병들이 아롱아롱 찬란하게 빛난다. 이런 풍경을 보는 것은 내가 가장 좋아하는 오락이었다. 나는 아주 작은 '돋보기'를 꺼내 아내만이 사용하는 지리가미(휴지)를 끄실려 가면서 불장난을 하고 논다. 평행광선을 굴절시켜서 한 초점에 모아가지고 그 초점이 따끈따끈해지다가 마지막에는 종이를 끄실르기 시작하고 가느다란 연기를 내면서 드디어 구멍을 뚫어놓는 데까지에 이르는 그 얼마 안 되는 동안의 초조한 맛이 죽고 싶을 만치 내게는 재미있었다.
>
> – 이상, 〈날개〉

포인트 윗글은 문단 전체가 하나의 긴 숨으로 흘러간다. 독자는 화자의 시선과 행동을 쫓아가듯 따라 읽게 된다.

3년 전 있었던 열차 탈선 사고 영상을 다시 보고 있네. 다시 봐도 참 그럴듯하게 만들어진 자료야. 열차 탈선 사고의 모든 원인은 한번 잘못 굴려진 바퀴에서 비롯된 것처럼 보이지. 마모된 바퀴 플랜지 하나 때문에 열차 전체가 선로를 벗어나게 되는 거지. 아무리 빨리 달리고 최첨단의 기계장치를 갖춘 열차라 할지라도 일단 선로를 벗어난 열차는 한낱 쇳덩어리에 불과하다고. 이건 자네가 한 말인데 기억하는지 모르겠군. 잘못 굴려진 바퀴 하나가 모든 걸 어그러지게 하듯 분명 삶도 작은 어긋남에서 피폐해지기 시작했을 테지. 가장 깊게 파인 상처, 가장 열등한 것, 가장 깊게 묻힌 욕망, 그것부터 썩고 갉아먹히고 마모되었겠지. 거기가 삶이 어그러진 지점일 거야. 그렇다면 그다음의 삶은, 선로를 벗어난 열차처럼 한낱 쇳덩어리에 불과한 삶은, 아무것도 아닌 걸까. 나는 잘 모르겠네. 자네는 대답할 수 있나?

– 강진, 《너는, 나의 꽃》 중 〈그들은 어디로 갔을까〉

포인트 문장은 짧지 않게 설명문처럼 이어진다. 문단의 중반부 "이건 자네가 한 말인데"를 기점으로 호흡이 서서히 길어지면서 내용도 무거워진다. 후반부의 "가장 깊게 파인 상처, 가장 열등한 것, 가장 깊게 묻힌 욕망"이 쉼표로 이어져 독자는 삶이 서서히 마모되는 감각을 리듬으로 체험하게 한다.

필사하며 익히는 기본 문단

마음

아버지의 기력은 점차 쇠해갔다. 나를 놀라게 했던, 손수건이 매달린 그 낡은 밀짚모자는 자연히 내팽개쳐졌다. 나는 거무스름한 선반 위에 놓인 그 밀짚모자를 볼 때마다 아버지가 가여워졌다. 아버지가 기운차게 움직이실 때는 좀 더 몸을 아끼셨으면 하고 걱정만 했는데, 막상 아버지가 가만히 앉아 계셔야만 하는 처지가 되니 역시 예전의 건강했던 때가 좋았다는 생각이 들었다. 나는 아버지의 건강에 대해 어머니와 자주 이야기를 나누었다.

나쓰메 소세키 지음

5월의 첫날

싸워서 이겨낸 전쟁이 있었다. 승리한 이들의 거대한 도시는 황금색 기념비들이 곳곳에 세워졌고, 거리는 위대함과 영광이 깃들어 있었다. 6월의 긴 낮이 뿜어내는 정취 아래, 승리한 병사들은 둔탁하게 울리는 북소리와 금관악기의 요란한 포효를 뒤로하며 성문을 지나 행진했다. 긴 봄날 내내 상인들과 사무원들은 펜과 장부를 내려놓고 창가로 몰려들었다. 그들은 창백한 얼굴로, 엄숙하게 지나가는 병사들의 행렬을 지켜보았다. 거리는 던져진 꽃들—흰색, 붉은색, 그리고 장밋빛 꽃들로 생생하게 물들었고, 보도는 마침내 선명하고 거대한 정원처럼 변해버렸다.

F. 스콧 피츠제럴드 지음

존재의 순간들

그렇다면 무엇이 재미있는 기억으로 남아 있을까? 다시 말하지만 존재의 순간들이었다. 두 가지를 나는 언제나 기억하고 있다. 켄싱턴 가든의 오솔기에서 모든 것이 뒤죽박죽이 된 듯한 그런 순간이 있었다. 내가 알 수 없는 그 어떤 이유로, 모든 것이 갑자기 비현실이 된 듯한 순간이었다. 나는 그 자리에 정지해 있었고, 그 뒤죽박죽 위로 한 걸음도 옮길 수 없었다. 나는 무엇인가를 잡으려 했으며, 세상 모두가 비현실이 되었다. 그다음에는, 이런 순간이 기억에 남아 있다. 바보 같은 어떤 소년이 손을 쭉 편 채 눈을 가느다랗게 뜨고 야옹 하며 튀어나왔다. 그 순간 나는 공포를 느끼면서 한 마디도 하지 않고 그의 손에다가 사탕봉지를 던졌다. 그러나 그것이 끝이 아니었다. 그날 밤 욕조에 앉아 있는데 무서운 공포가 나를 엄습했다. 다시 나는 가망 없는 슬픔을 느꼈다. 내가 앞에서 묘사한 적이 있는 그런 좌절이었다. 마치 이유 없이 쇠망치로 맞고만 있는 것 같았다. 그 동안 스스로 축적되었던 의미들이 사태를 일으키며 전혀 무방비 상태인 나에게로 쏟아져 내리는 것 같았다. 그래서 나는 꼼짝도 하지 않은 채 욕조의 한쪽 끝에서 몸을 잔뜩 웅크렸다. 나는 그 공포에 대해 어떻게 설명할 수 없었다. 나는 욕조의 반대편 끝에 앉아 몸을 밀고 있던 바네사에게조차도 한 마디도 하지 못했다.

버지니아 울프 지음

너는, 나의 꽃

그날, 남자는 아침부터 컨디션이 좋지 않았다. 온몸이 쑤시고 눈언저리에선 열이 나고 머리까지 지끈거렸다. 그 몸으로 동물병원에 나간 것은 맡겨진 개 한 마리 때문이었다. 여행에서 돌아오는 길에 찾아가겠다던 개 주인은 약속 시간이 한참 지났지만 나타나지 않았다. 발을 책상 위로 올리고 의자 등받이를 뒤로한 채 두통이 가라앉기를 기다리고 있었다. 일부러 버티컬을 열지 않았기 때문에 실내는 어두웠고, 티브이에서 뻗어 나온 푸른 빛이 한쪽 벽을 채우고 있을 뿐이었다. 오래된 명화를 상영해주는 프로그램이었다.

강진 지음

자기만의 방

그럼에도 여러분은 제게 이의를 제기할지도 모르겠습니다. 왜 여성의 글쓰기에 그토록 큰 의미를 부여하느냐고 말이죠. 너무 많은 중요성을 부여하고 있죠? 제가 말했던 것처럼 글쓰기는 엄청난 노력을 요하는 일이고, 어쩌면 (글 쓸 시간을 벌기 위해) 숙모를 살해하게 될지도 모르며, 오찬 모임에는 예외 없이 늦게 될 것이고, 아주 훌륭한 이들과 심각한 논쟁을 벌여야 할지도 모르는데 말입니다. 솔직히 고백하자면, 저의 동기는 어느 정도 이기적입니다. 제대로 교육받지 못한 대부분의 영국 여성들처럼 저 역시 책읽기를 무척 좋아합니다. 그것도 산더미처럼 쌓아놓고 읽는 것을 좋아하지요. 그런데 최근 제 독서 식단이 조금 단조로워졌습니다. 역사는 온통 전쟁 이야기뿐이고, 전기는 위대한 남자들 이야기 일색입니다. 시는 점점 빈약해지는 것 같고, 소설은…… 현대 소설 비평가로서 제 무능함은 이미 탄로 났으니 더 말하지 않겠습니다. 그러니 제발, 사소한 주제든 거창한 주제든 주저하지 말고 온갖 종류의 책을 써주시길 부탁드립니다.

버지니아 울프 지음

그 후

세이타로라는 조카는 요즈음 야구에 푹 빠져 있다. 다이스케가 때때로 캐치볼 상대가 되어주기도 한다. 세이타로는 별난 욕심이 있는 아이라, 매년 수많은 군고구마 장수들이 일제히 빙수 장수로 바뀌는 초여름이면 가장 먼저 달려가 땀도 나기 전에 아이스크림을 사 먹는다. 아이스크림이 없을 때는 대신 빙수라도 사 먹고는 의기양양하게 돌아온다. 최근에는 만일 스모 상설 경기장이 생기면 제일 먼저 들어가보고 싶다며, "삼촌, 스모 선수 중에 아는 사람 없어요?"라고 다이스케에게 물어본 적도 있었다.

나쓰메 소세키 지음

날개

아내가 외출만 하면 나는 얼른 아랫방으로 와서 그 동쪽으로 난 들창을 열어놓는다. 들창을 열면 햇살이 아내의 화장대를 비추어 가지각색 병들이 아롱아롱 찬란하게 빛난다. 이런 풍경을 보는 것은 내가 가장 좋아하는 오락이었다. 나는 아주 작은 '돋보기'를 꺼내 아내만이 사용하는 지리가미(휴지)를 끄실려 가면서 불장난을 하고 논다. 평행광선을 굴절시켜서 한 초점에 모아가지고 그 초점이 따끈따끈해지다가 마지막에는 종이를 끄실르기 시작하고 가느다란 연기를 내면서 드디어 구멍을 뚫어놓는 데까지에 이르는 그 얼마 안 되는 동안의 초조한 맛이 죽고 싶을 만치 내게는 재미있었다.

이상 지음

그들은 어디로 갔을까

3년 전 있었던 열차 탈선 사고 영상을 다시 보고 있네. 다시 봐도 참 그럴듯하게 만들어진 자료야. 열차 탈선 사고의 모든 원인은 한번 잘못 굴려진 바퀴에서 비롯된 것처럼 보이지. 마모된 바퀴 플랜지 하나 때문에 열차 전체가 선로를 벗어나게 되는 거지. 아무리 빨리 달리고 최첨단의 기계장치를 갖춘 열차라 할지라도 일단 선로를 벗어난 열차는 한날 쇳덩어리에 불과하다고. 이건 자네가 한 말인데 기억하는지 모르겠군. 잘못 굴려진 바퀴 하나가 모든 걸 어그러지게 하듯 분명 삶도 작은 어긋남에서 피폐해지기 시작했을 테지. 가장 깊게 파인 상처, 가장 열등한 것, 가장 깊게 묻힌 욕망, 그것부터 썩고 갉아먹히고 마모되었겠지. 거기가 삶이 어그러진 지점일 거야. 그렇다면 그다음의 삶은, 선로를 벗어난 열차처럼 한날 쇳덩어리에 불과한 삶은, 아무것도 아닌 걸까. 나는 잘 모르겠네. 자네는 대답할 수 있나?

강진 지음

2장

문단의 구조를 이해하다

중심문장을 부연 설명하는 구조 :

앞에서 언급했듯이 중심문장이 있고 뒷받침문장들이 중심문장의 내용을 부연 설명하는 것. 이것이 가장 일반적인 문단 구성 방법이다.

글을 쓴다는 것은 생각을 질서 있게 펼쳐 보이는 일이다. 그 질서의 기본 단위가 바로 문단이다. 그리고 문단은 하나의 중심문장을 중심으로 나머지 문장들이 이를 설명하거나 뒷받침하는 방식으로 구성된다. 글쓰기를 처음 배우는 이들에게 가장 효과적인 문단 구성 방법은 바로 중심문장을 명확히 하고, 그것을 부연 설명하는 구조를 따르는 것이다. 중심문장을 세우고 그 문장을 다양한 각도에서 풀어내는 방식은 생각을 선명하게 하고, 독자의 이해를 돕는다.

먼저 중심문장이 무엇인지부터 생각해보자. 중심문장은 그 문단이 말하고자 하는 핵심이다. 흔히 '한 문단은 하나의 생각 one paragraph, one idea' 이라는 원칙을 따르는데, 이 '하나의 생각'을 문장으로 요약한 것이 중심문장이다. 중심문장은 문단의 머리말에 나오는 경우가 많고, 그 이후에는 중심문장을 설명하거나 근거를 들거나 예시를 제시하면서 글이 이어진다. 이처럼 문단은 중심문장을 중심으로 원을 그리듯 내용을 확장해가는 구조다.

예를 들어, 중심문장이 "좋은 문단은 중심이 명확해야 한다"라고 하면, 이어지는 문장들은 이렇게 구성할 수 있다. 왜 중심이 명확해야 하는지, 중심이 흐릿할 경우 어떤 문제가 생기는지, 중심을 잡는 방법은 무엇인지, 좋은 문단의 예시는 어떤 것인지 등을 차례로 설명하면 된다. 이렇게 중심문장을 부연 설명하는 구조는 글에 논리적 흐름을 부여하고, 독자로 하여금 글쓴이의 생각을 쉽게 따라갈 수 있도록 해준다.

중심문장을 다시 풀어 말하기

부연 설명을 하는 방식에는 여러 가지가 있다. 가장 기본적인 방식은 중심문장을 다시 풀어 말하는 것이다. 같은 내용을 다른 어휘나 문장 구조로 표현하면, 독자는 핵심을 더 깊이 이해하게 된다.

예를 들어, 중심문장이 "효과적인 커뮤니케이션은 경청에서 시작된다"일 경우, 다음 문장은 "상대의 말을 제대로 듣지 않고서는 적절한 반응을 할 수 없기 때문이다"처럼 이어질 수 있다. 이렇게 문장의 의미를 풀어내는 방식은 간단하면서도 설득력이 크다.

다음 예시문을 읽으며 중심문장을 어떻게 풀어내는지 생각해보라.

중심문장 독서는 단순히 글자를 읽는 행위가 아니라 타인의 세계를 여행하는 가장 안전하고도 위험한 모험이다.

뒷받침문장_ 구체화 이것은 내가 앉은 자리에서 한 번도 가보지 못한 시공간으로 건너가 작가가 평생을 바쳐 구축한 낯선 사유와 충돌한다는 의미다. 책장을 넘기는 순간 우리는 나의 좁은 편견을 깨뜨리는 위험을 감수하면서 동시에 타인의 삶을 통해 내 삶을 확장하는 안전한 기회를 얻게 된다. 즉 독서는 텍스트의 해독을 넘어 내 세계의 경계를 허무는 적극적인 투쟁이다.

포인트 "안전하고도 위험한 모험"이라는 추상적인 중심 생각을 '낯선 사유와 충돌', '편견의 깨뜨림', '세계의 경계를 허무는 투쟁'으로 바꾸어 구체적으로 풀이했다.

중심문장 진정한 위로는 섣부른 조언이 아니라 그저 곁에 있어주는 침묵의 체온이다.

뒷받침문장_의미의 재정의 다시 말해, 상대의 슬픔을 해결해주려 애쓰기보다 그 슬픔이 다 흘러갈 때까지 함께 비를 맞아주는 태도가 곧 위로라는 뜻이다. 어설픈 해결책을 제시하거나 "다 잘될 거야."라는 무책임한 말을 던지는 대신 그저 무너진 어깨 옆에 내 어깨를 가만히 기대어주는 것, 그것이야말로 백 마디 말보다 강력한 치유의 언어다.

포인트 '위로는 침묵의 체온이다'라는 중심 생각을 '함께 비를 맞아주는 태도', '어깨를 기대어주는 것'이라는 표현으로 바꾸어 반복 설명했다.

위와 같은 형태의 문장에서는 '즉', '다시 말해', '바꿔 말하면', '이것은 ~라는 뜻이다' 같은 접속사나 서술어를 활용하면 효과적이다. 독자에게 "방금 한 말이 어렵게 느껴질 듯해서 내가 더 쉬운 말로 다시 설명해줄게."라고 친절하게 말을 거는 느낌을 준다.

중심문장에 근거 제시하기

두 번째 방식은 중심문장이 '주장'이라면, 그 주장이 왜 타당한지를 설명하는 논리적 근거를 덧붙이는 것이다. 예를 들어, "좋은 문장은 간결해야 한다"라는 중심문장을 놓고, '군더더기 없는 문장은 독자의 집중력을 유지시킨다'거나 '문장이 길고 복잡하면 뜻이 흐려진다'라는 식의 근거를 추가하면 문단의 논리가 더욱 탄탄해진다. 근거가 풍부할수록 주장이 담긴 중심문장은 힘을 얻기 때문이다.

주장을 논리적으로 펼칠 때(칼럼, 보고서)

구조 : 중심문장 → 근거1 → 근거2 → 근거3

중심문장 성숙한 어른의 대화는 멈춤의 미학을 필요로 한다.

근거1 첫째, 내 판단을 멈춰야 한다. 상대의 말이 끝나기도 전에 옳고 그름을 재단하려는 마음을 누를 때 비로소 대화가 시작되기 때문이다.

근거2 둘째, 조급한 반응을 멈춰야 한다. 즉각적인 대답보다 잠시 침묵하며 상대의 의도를 곱씹는 태도가 대화의 깊이를 더한다.

근거3 셋째, 나를 과시하려는 욕구를 멈춰야 한다. 대화의 주인공이 내가 아니라 '우리'가 될 때, 관계는 소모되지 않고 단단하게 쌓여간다.

포인트 중심문장에서 세 가지 구체적 행동(판단·반응·과시의 멈춤)이 가지 뻗듯 명확하게 분배되어 있다.

중심문장에 구체적인 장면이나 사례 연결하기

세 번째는 구체적인 예시를 드는 것이다. 예시는 중심문장을 현실적인 장면이나 사례로 연결시켜 독자의 공감을 끌어낸다. 설명만으로는 부족한 경우, 예시 하나가 중심문장의 의미를 강력하게 전달한다. 예를 들어, "리더는 말보다 글로 조직을 움직인다"라는 중심문장을 설명할 때, 실제로 글을 통해 조직에 방향을 제시한 리더의 사례를 들면 문단은 훨씬 생생해진다. 좋은 예시는 중심문장을 구체적이고 설득력 있게 만든다.

중심 장면을 입체적으로 보여줄 때(소설, 에세이)

구조 : 중심 이미지(전체 풍경) → 시각적 예시

→ 청각적 예시 → 후각적 · 촉각적 예시

중심문장 그해 여름 장마는 집 안의 모든 풍경을 눅눅하게 바꿔 놓았다.

시각적 예시 벽지는 습기를 머금어 붕 뜬 채로 울었고, 천장 모서리에는 곰팡이가 검버섯처럼 피어올랐다.

청각적 예시 열어둔 창틈으로 빗소리가 쉴 새 없이 들이닥쳐 텔레비전 소리를 지워버렸고, 바닥에 닿는 발바닥은 끈적거려 걸음을 뗄 때마다 불쾌한 소리를 냈다.

촉각, 후각적 예시 빨래가 마르지 않아 쉰내를 풍기는 옷가지들이 의자마다 걸려 있어 집은 마치 거대한 물웅덩이 속에 잠긴 동굴 같았다.

포인트 "장마는 집 안의 모든 풍경을 눅눅하게 바꿔 놓았다"라는 중심문장으로 시작해 벽지(시각), 빗소리(청각), 발바닥의 끈적임(촉각), 쉰내(후각)로 감각이 확산되고 있다.

감정의 결을 섬세하게 나눌 때(에세이, 일기)

구조 : 중심 감정(정의) → 과거의 기억 → 현재의 깨달음 → 미래의 다짐

중심문장 그리움이란 결국 기억을 편애하는 일이다.

과거의 기억 우리는 지난 시간의 모든 것을 공평하게 떠올리지는 않는다. 나를 아프게 했던 날 선 말들은 닳고 닳아 무뎌지게 두고, 따뜻했던 찰나의 눈빛만을 확대해서 마음에 걸어둔다.

현재의 깨달음 그래서 그리움 속의 당신은 언제나 실제의 당신보다 다정하다.

미래의 다짐 어쩌면 나는 당신을 그리워하는 것이 아니라, 내가 임의로 편집하고 아름답게 채색한 '기억 속의 환상'을 붙잡고 있는지도 모른다.

포인트 아픈 기억은 지우고 좋은 기억만 남기는 과정을 차근차근 설명하면서, '그리움은 기억의 편애'라는 중심 생각을 설득력 있게 만든다.

중심문장을 강조하기 위해 비교와 대조 사용하기

네 번째 방법은 비교와 대조다. 비교는 'A는 B와 같다'는 논리로 독자의 이해를 돕고, 대조는 'A는 B와 다르다'는 논리로 주제를 강조한다. 다른 상황과 비교함으로써 핵심 내용을 더욱 도드라지게 하거나 중심문장의 의미를 강조하기 위해 반대되는 사례를 제시하는 것이다. 대조의 예를 들면 '주제문이 있는 문단은 독자에게 명확한 인상을 준다'는 문장을 쓴 뒤, '반대로, 주제문 없이 흐르는 문단은 무엇을 말하고자 하는지 파악하기 어렵다'고 덧붙이는 식이다. 비교나 대조의 방법만 잘 써도 훨씬 입체적인 문단을 쓸 수 있고, 중심문장의 의미를 더 뚜렷하게 만들 수 있다.

비교 : 공통점 찾기

비교란 서로 다른 두 대상을 나란히 놓고 그들 사이의 유사점을 통해 중심 생각을 설명하는 방식이다. 낯선 개념을 익숙한 대상에 비유할 때 효과적이다. '글쓰기와 마라톤'에 대해 쓴 다음 글을 읽으며 비교 방법에 대해 이해해보자.

중심문장 장편소설을 쓰는 일은 42.195킬로미터를 달리는 마라톤과 놀랍도록 닮아 있다.

뒷받침문장_ 공통점 나열 두 가지 모두 초반의 폭발적인 속도보다는 끝까지 버티는 지구력이 승패를 결정짓는다. 또한 달리다 보면 숨이 턱 끝까지 차올라 포기하고 싶은 '사점 dead point'이 찾아오듯, 글쓰기에도 스토리가 막혀 한 줄도 나아갈 수 없는 고통스러운 벽이 반드시 찾아온다. 무엇보다 환호해주는 관중 없이 오직 자신의 호흡 소리만 들으며 긴 시간을 홀로 견뎌야 한다는 점에서 이 둘은 세상에서 가장 고독한 싸움이다.

포인트 '장편소설 쓰기'와 '마라톤'이라는 서로 다른 행위에서 '지구력, 고비(사점), 고독'이라는 공통점을 뽑아 글쓰기의 본질을 강조했다.

대조 : 차이점 부각하기

대조는 겉으로 비슷해 보이거나 반대되는 두 대상을 맞세워 그들 사이의 차이점을 통해 중심 생각을 돋보이게 하는 방식이다. 개념을 명확히 구분 지을 때 유용하다.

중심문장 우리는 종종 '동정'과 '공감'을 혼동하지만, 이 둘의 온도는 완전히 다르다.

뒷받침문장_ 차이점 강조 동정은 물에 빠진 사람을 강가에 서서 안타깝게 바라보는 시선이다. "정말 안됐구나."라고 말하지만 자신의 옷은 젖지 않은 채 안전한 거리를 유지하는 마음이다. 반면에 공감은 기꺼이 그 차가운 물속으로 뛰어들어 함께 몸이 젖는 일이다. 상대의 고통을 관찰하는 것이 아니라 그 고통의 무게를 짊어지려는 적극적인 태도다. 동정이 내려다보는 시선이라면, 공감은 같은 눈높이에서 마주 보는 시선이다.

포인트 '동정'과 '공감'을 대비해 '거리두기 vs 뛰어들기, 관찰 vs 체험, 내려다봄 vs 마주봄'이라는 차이를 보여줌으로써 공감의 진정한 의미를 선명하게 드러낸다.

중심문장을 부연 설명하는 문장들은 서로 유기적으로 연결되어야 한다. 중심문장 이후에 나오는 뒷받침문장들은 독립된 문장이 아니라, 중심문장과 '논리적 끈'으로 묶여 있어야 한다. 이때 적절한 연결어, 주제의 반복, 어휘의 변주 등이 논리적 흐름을 도와준다. 각각의 문장이 제각기 떠다니지 않고 하나의 중심을 향해 다가가야 문단은 힘을 얻는다.

이러한 구조는 단지 문단에만 국한되지 않는다. 칼럼, 소논문, 자기소개서, 보고서 등 다양한 분야의 글에서도 중심문장을 잡고 부연 설명하는 방식은 유용하게 쓰인다. 특히 글쓰기 교육에서는 이 구조를 반복 훈련함으로써 '생각을 정리하는 힘'을 길러줄 수 있다. 글쓰기를 어려워하는 사람들은 대체로 '무엇을 말하고 싶은지 모르겠다'거나 '글이 산만하다'는 고민을 많이 한다. 이는 중심문장이 없거나, 중심문장과 나머지 문장 간의 연결이 약할 때 발생하는 문제다.

이처럼 중심문장을 부연 설명하는 구조는 단순하지만, 매우 강력하다. 말하고 싶은 바를 한 문장으로 요약하고, 그것을 다양한 방식으로 풀어가는 능력은 글쓰기의 기본이자 핵심이다. 중심문장은 깃대이고, 그 깃대에 매달린 문장들이 깃발처럼 펄럭일 때 비로소 문단은 생명력을 갖게 된다. 글이 흩어지고 흔들린다는 느낌이 들 때는 중심문장을 되돌아보자. 내가 무엇을 말하고 있는지, 그것을 뒷받침하는 데 집중하고 있는지를 점검하는 것이 좋은 글쓰기로 가는 첫걸음이다.

중심문장과 뒷받침문장이 사슬형으로 연결된 구조 :

글을 쓴다는 것은 생각을 따라가는 일이다. 생각은 한 번에 길게 달리지 않는다. 중심이 되는 생각에서 파생된 문장이 자연스럽게 이어지고, 또 그 문장에서 다음 문장으로 이어지면서 논리가 형성된다. 이때 좋은 문단은 하나의 중심문장을 세우고, 그것을 뒷받침하는 문장들이 사슬처럼 연결된 구조를 갖는다.

나는 글쓰기를 배우는 사람들에게 "문장이 사슬처럼 서로 엮여야 한다."고 말한다. 그것은 단지 문장을 나열하는 데 그치지 않고 '생각의 연결고리'를 만들어야 한다는 뜻이다. 이러한 구조를 '사슬형 문단'이라고 부른다. 즉 중심문장을 세운 뒤, 뒷받침문장들이 각각 독립적으로 중심문장을 지지하는 것이 아니라, 첫 번째 뒷받침문장이 두 번째 뒷받침문장의 배경이 되고, 두 번째 뒷받침문장이 다시 세 번째 뒷받침문장을 낳는 식으로 이어지는 것이다. 한 문장이 다음 문장의 원인이 되거나, 근거가 되거나, 상황 설명이 되는 구조다. 마치 고리가 서로 맞물려 하나의 줄을 만드는 사슬처럼, 문장과 문장이 단단히 엮이는 것이다.

이런 문단 구조는 독자로 하여금 글쓴이의 생각을 따라가기 쉽게 만든다. 사슬형 문단 구조는 단순히 내용을 나열한 문단보다 훨씬 더 읽는 맛이 있고, 문장의 논리가 자연스럽게 흘러간다. 다음 예시문을 읽어보자.

> ① 좋은 문장은 읽는 것을 멈추지 않게 만든다. ② 그 이유는 문장의 흐름이 자연스럽기 때문이다. ③ 흐름이 자연스러운 문장은 앞뒤 문장 사이에 논리적 연결이 있기 때문에 가능하다. ④ 이러한 논리적 연결은 독자가 무리 없이 의미를 따라가도록 돕는다. ⑤ 결과적으로 독자는 글쓴이의 의도에 도달할 때까지 부담 없이 글을 따라갈 수 있다.

위 문단은 하나의 중심 생각 ①로부터 ②, ③, ④, ⑤ 차례로 이어지며 설명을 확장해간다. 한 문장의 끝이 다음 문장의 시작이 되는 방식, 이게 바로 사슬형 문단 구조의 핵심이다.

사슬형 문단 구조를 구성하는 데 있어 가장 중요한 것은 '연결의 자연스러움'이다. 중심문장과 뒷받침문장이 단순히 병렬 구조로 나열되는 것이 아니라, 각 문장이 앞 문장을 전제로 하거나, 거기서 출발하여 새로운 문장으로 넘어가야 한다. 이를 위해 적절한 연결어, 지시어, 반복되는 키워드 등이 사용된다. '이 때문에', '그 결과', '이러한 점에서', '예를 들면', '반면에'와 같은 표현은 문장의 흐름을 도와주는 연결 장치다.

문장을 사슬처럼 엮기 위해서는 문장들 사이에 질문과 답변의 구조를 녹여내는 것도 좋은 전략이다. 하나의 문장이 독자에게 어떤 질문을 떠오르게 한다면, 다음 문장은 그 질문에 대한 답을 제시하는 식이다. 이렇게 하면 글은 마치 독자와 대화하는 것처럼 흘러간다. 예를 들어보자.

> 이 장난도 곧 싫증이 난다. 나의 유희심은 육체적인 데서 정신적인 데로 비약한다. 나는 거울을 내던지고 아내의 화장대 앞으로 가까이 가서 나란히 늘어놓인 그 가지각색의 화장품 병들을 들여다본다. 고것들은 세상의 무엇보다도 매력적이다. 나는 그중의 하나만을 골라서 가만히 마개를 빼고 병 구멍을 내 코에 가져다 대고 숨죽이듯이 가벼운 호흡을 해본다. 이국적인 센슈얼한 향기가 폐로 스며들면 나는 저절로 스르르 감기는 내 눈을 느낀다. 확실히 아내의 체취의 파편이다. 나는 도로 병마개를 막고 생각해본다. 아내의 어느 부분에서 이런 내음새가 났던가를……. 그러나 그것은 분명치 않다. 왜? 아내의 체취는 여기 늘어선 가지각색 향기의 합계일 것이니까.
>
> – 이상, 〈날개〉

포인트 위 문단은 하나의 생각을 반복하지 않는다. 중심이 이동하는 사슬형 구조를 통해 유희 → 감각 → 기억 → 인식으로 사유를 심화시킨다. 뒷받침문장이 곧 다음의 중심이 되고, 중심은 다시 더 좁고 깊은 대상으로 이동한다.

3가지 사슬형 문단 구조 방식

사슬형 문단 구조는 소설에서 많이 사용하지만 설명문이나 논설문에 특히 효과적이다. 논리적으로 설득해야 할 때, 병렬적으로 나열된 문장보다 한 문장이 다음 문장을 자연스럽게 이끌어야 글의 설득력이 커진다. 또, 소논문이나 보고서처럼 구조적인 글에서도 이 방식은 매우 유용하다. 이 문단 구조를 통해 독자는 글쓴이의 논리를 따라가면서 스스로 이해하고 납득하는 경험을 하게 된다.

사슬형 문단 구조는 글쓰기를 어려워하는 초보자들에게 하나의 문장을 쓰는 데 집중하도록 도와준다. 전체 문단을 한꺼번에 쓰려면 부담이 크지만, "이 문장이 다음 문장과 어떤 관계를 맺을 수 있을까?"라는 질문을 던지며 한 문장씩 연결해가면 글쓰기가 훨씬 쉬워진다. 이 방식은 논술, 자기소개서, 제안서, 심지어 짧은 칼럼에서도 응용할 수 있는 매우 실용적인 문단 구조다.

사슬형 문단 : 꼬리에 꼬리를 무는 전개

구조 : 중심 생각 → 원인/배경(A) → A로 인한 결과(B)
→ B에서 이어지는 상황(C) → 결론

다음 예시문들을 읽으며 사슬형 문단 구조가 어떻게 쓰이는지 살펴보자.

논리형 : 주장을 설득력 있게 전개할 때

예시문 글쓰기는 결국 자신을 견디는 일이다. 자신을 견딘다는 것은 내면의 부끄러운 민낯을 피하지 않고 마주 본다는 뜻이다. 그 민낯을 마주해야만 비로소 꾸밈없는 솔직한 문장이 나올 수 있다. 솔직한 문장만이 독자의 마음에 가닿아 공명할 수 있다. 그러므로 좋은 글은 화려한 기교가 아니라, 자기 자신을 직시하는 용기에서 시작된다.

포인트 위 문단은 '글쓰기는 자신을 견디는 일'이라는 중심 생각에서 시작하여 민낯을 마주 봄 → 솔직한 문장 탄생 → 독자와 공명 → 용기(결론)로 사슬처럼 이어지고 있다.

서사형 : 사건의 인과관계를 설명할 때

예시문 오후 4시 갑작스러운 소나기가 쏟아졌다. 비는 순식간에 거리의 사람들을 처마 밑으로 몰아넣었다. 좁은 처마 밑에 갇힌 사람들은 어색한 침묵 속에서 서로의 젖은 어깨를 곁눈질했다. 그 곁눈질 속에서 나는 우산 없이 뛰어가는 한 남자의 뒷모습을 보았다. 그 남자의 젖은 등은 마치 도망치는 사람처럼 다급해 보였다.

포인트 위 문단은 소나기 → 사람들이 몰림 → 처마 밑 침묵 → 곁눈질 → 한 남자의 뒷모습으로 시선이 꼬리를 물고 이어지고 있다.

감성형 : 감정을 깊이 파고들 때

예시문 그는 침묵을 택했다. 침묵은 그가 할 수 있는 가장 정중한 거절이었다. 그 거절의 의미를 알아챈 그녀는 더 이상 묻지 않았다. 묻지 않음으로써 두 사람 사이에는 넘을 수 없는 벽이 생겼다. 그 벽은

투명했지만, 어떤 말보다 단단하게 두 사람을 가로막고 있었다.

포인트 위 문단은 침묵 → 거절 → 묻지 않음 → 벽이 생김 → 단절로 감정이 심화되는 과정을 보여주고 있다.

줌인(zoom-in)형 : 중심 사물이나 인물로 줌인할 때

예시문 복도에서는 삶은 양배추 냄새와 오래된 넝마 깔개 냄새가 났다. 복도 끝 한쪽 벽에는 실내에 걸기에는 너무 커다란 천연색 포스터가 붙어 있었다. 그 포스터에는 폭이 1미터도 넘는 거대한 얼굴이 그려져 있었는데, 짙은 검은색 콧수염을 기르고 투박하면서도 잘 생긴 이목구비를 가진 마흔다섯 살쯤 된 남자의 얼굴이었다.

포인트 위 문단은 화자의 시선이 복도 전체 → 벽 → 포스터 속 인물로 줌인(zoom-in)되고 있다.

여기서 주의할 점이 있다. 사슬형 문단을 쓴다고 해서 중심문장이 흐릿해져서는 안 된다. 연결이 아무리 매끄러워도, 결국 문단이 말하고자 하는 핵심이 무엇인지가 보이지 않으면 좋은 문단이 될 수 없다. 중심문장은 문단의 뼈대이고, 나머지 문장들은 그 뼈대에 살을 붙이는 역할을 해야 한다. 글을 다 쓴 뒤, "이 문단의 핵심이 무엇인지 한 문장으로 말할 수 있는가?"를 스스로 점검해보는 습관이 필요하다.

사슬형 구조는 문단에서뿐만 아니라, 문단과 문단 사이에도 응용할 수 있다. 앞 문단의 마지막 문장이 다음 문단의 중심문장을 자연스럽게 유도하면, 글 전체가 유기적으로 연결된 느낌을 줄 수 있다. 이런 방식으로 글 전체가 하나의 긴 사슬처럼 이어질 때, 독자는 흐름을 놓치지 않고 글을 따라갈 수 있다. 단절된 느낌 없이 유연하게 이어지는 글은 독자에게 깊은 인상을 남긴다.

글은 단지 정보를 나열하는 작업이 아니다. 정보와 생각 사이의 관계를 맺어주는 기술이 글쓰기다. 사슬형 문단 구조는 그 기술을 구체화하는 하나의 방식이다. 중심문장을 세우고, 그 중심을 따라 문장을 자연스럽게 연결해가는 연습은 글쓰기의 시작이자 완성이다. 처음에는 번거롭고 어렵게 느껴질 수 있지만, 사슬형 구조에 익숙해지면 글쓰기는 훨씬 명확해지고 탄탄해진다. 단단히 연결된 문장은 단단한 생각을 낳는다.

장면과 생각을 이어주는 전환문단 구조

좋은 글은 장면과 생각이 자연스럽게 연결된다. 독자는 이야기의 현장, 즉 구체적인 장면 속에서 글쓴이의 생각을 만난다. 장면은 그 자체로는 아무 말도 하지 않지만 장면이 생각과 연결될 때, 독자는 그 장면을 통해 '무엇을 느껴야 하는지', '무엇을 생각해야 하는지'를 이해하게 된다. 이때 필요한 것이 바로 '다리 bridge'다. 장면과 생각을 연결해주는 다리. 그것이 바로 전환문단이다. 이 다리를 얼마나 잘 놓느냐에 따라 글의 깊이와 힘이 달라진다.

우리는 종종 좋은 글을 읽으며 "이 장면이 왜 이렇게 인상적일까?"라고 감탄한다. 그 이유는 단순하지 않다. 장면 묘사만 훌륭해서가 아니다. 그 장면을 통해 글쓴이가 전달하고자 하는 생각, 감정, 통찰이 독자에게 자연스럽게 흘러가기 때문이다. 장면을 통해 생각으로 이끄는 다리를 만들지 못하면, 아무리 생생한 묘사도 글 속에서 겉돌게 된다. 장면은 기억

되지만, 그 의미는 잊히는 글이 되기 쉽다.

예를 들어, 어떤 글에 "비 오는 날, 젖은 운동화를 벗어 신발장에 던져 넣었다"라는 장면이 있다면, 그 장면만으로는 독자가 글쓴이의 내면을 완전히 이해하지 못할 수 있다. 하지만 그다음 문장에서 "그날 나는 모든 것이 귀찮고, 아무것도 하고 싶지 않았다"라는 문장이 나오면, 비로소 장면이 감정을 품게 된다. 장면이 생각으로 이어지고, 독자는 그 장면을 '그날의 무력감'이나 '심리적 침잠'의 상징으로 받아들이게 된다.

전환문단 구조를 사용하는 방식

글쓰기에서 이 다리를 놓는 방식은 다양하다. 가장 흔한 방법은 장면 뒤에 짧은 해석이나 감정을 덧붙이는 것이다. 예컨대, 누군가의 빈 책상을 바라보는 장면 뒤에 "나는 그 자리에 익숙한 온기가 사라졌음을 느꼈다"라고 덧붙이면, 독자는 그 장면이 단순한 묘사가 아니라 상실감의 표현임을 알게 된다. 이것이 바로 장면과 생각을 연결해주는 다리다. 너무 길 필요는 없다. 단 한두 문장만으로도 다리는 놓인다.

또 다른 방식은, 장면 자체에 생각을 스며들게 하는 것이다. 겉보기에는 단순한 묘사 같지만, 단어의 선택과 배치 속에 생각이 녹아 있다. 이를테면, "창밖에서 낙엽이 조용히 무너져 내렸다"라는 문장은 단순한 풍경 묘사 같지만, '조용히', '무너져 내렸다'라는 표현에서 쓸쓸함과 쇠락의 정조가 감지된다. 이처럼 장면에 생각을 감춰두는 방식은 독자에게 더 깊은 여운을 남긴다. 생각이 말로 직접 표현되기보다, 장면 속에 녹아들어 스며드는 방식이다.

때로는 장면과 생각 사이에 일정한 '거리'를 두는 것도 효과적이다. 장면을 먼저 보여주고, 한참 뒤에야 그 장면의 의미를 밝히는 방식이다. 이 방식은 소설이나 에세이에서 자주 사용되는데, 독자로 하여금 스스로 장면을 음미하게 하고, 뒤늦게 그 의미를 깨닫게 한다. 예를 들어, 어린 시절 할아버지와 함께 간 기차역의 장면을 먼저 보여주고, 글의 말미에서 "그날이 할아버지와 내가 함께한 마지막 하루였다"라는 문장을 넣으면, 장면은 갑자기 전혀 다른 빛으로 변해버린다.

하지만 이 '다리 놓기'에서 가장 중요한 점은 억지로 생각을 밀어 넣지 않는 것이다. 장면은 장면대로 살아 있고, 생각은 생각대로 명확해야 한다. 장면을 설명하려는 욕심에 생각을 과잉으로 얹으면 글이 무거워진다. 반대로 생각만 있고 장면이 없으면 글은 추상적이고 공허해진다. 중요한 것은, 장면이 생각을 자연스럽게 불러오도록 만드는 균형 감각이다. 독자가 장면을 따라가다 보면 어느새 그 생각의 자리에 닿아 있는 글, 그런 글이 좋은 글이다.

이런 구조는 특히 스토리텔링 글쓰기에서 유용하다. 에세이, 칼럼, 인터뷰 원고, 자기소개서 등 대부분의 글이 어떤 장면에서 출발해 메시지를 전달하는 구조를 갖는다. "하루 종일 우산을 접지 못한 채 거리를 서성이다"로 시작한 글이 "나는 그날, 내 마음에도 쉼터가 필요하다는 걸 처음 알았다"로 끝난다면, 독자는 그 장면과 생각을 한꺼번에 기억하게 된다. 인상적인 글은 언제나 구체적인 장면과 분명한 생각을 연결하는 데 성공한 글이다.

다음 예시문을 읽으며 전환문단 구조가 어떤 용도로, 어떤 방식으로 사용되었는지 살펴보자.

전환문단 : 장면과 생각을 이어주는 다리

구조 : 구체적인 장면 → 연결의 다리 → 추상적인 생각(의미)

평범한 풍경에서 의미를 길어 올릴 때

장면 늦은 밤, 지하철 2호선은 지친 표정의 사람들로 가득 찼다. 누군가는 고개를 떨군 채 졸고 있었고, 누군가는 스마트폰 불빛 속에 멍한 눈을 담고 있었다. 덜컹거리는 소음 속에서도 아무도 입을 열지 않았다. **전환** 나는 흔들리는 손잡이를 잡으며 문득 우리가 거대한 요람 속에 들어와 있다는 착각이 들었다. **생각** 우리는 모두 집으로 돌아가기 위해 혹은 어딘가로 도망치기 위해 이 소란스러운 침묵을 견디고 있는지도 모른다. 피로가 유일한 공용어인 도시에 지하철은 가장 솔직한 공간이다.

포인트 위 문단은 지하철 풍경(장면)에서 "거대한 요람"이라는 해석(전환)을 거쳐, 도시인의 피로와 솔직함(생각)으로 넘어가고 있다.

계절의 변화에서 인생을 배울 때

장면 겨울나무는 앙상했다. 화려했던 단풍을 모두 떨구고 검은 가지를 있는 힘껏 하늘로 뻗고 있었다. 찬바람이 불 때마다 가지들이 서로 부딪히며 마른 소리를 냈다. **전환** 그 메마른 소리가 나에게는 군더더기를 버린 자의 단단한 기합 소리처럼 들였다. 생각 가진 것을 모두 버려야만 혹독한 계절을 버틸 수 있다는 것을 나무는 알고 있는 것이다. 비움은 상실이 아니라 생존을 위한 가장 치열한 전략임을 겨울나무는 온몸으로 보여주고 있었다.

포인트 위 문단은 앙상한 나무(장면)를 "기합 소리"로 재해석(전환)하여 비움의 철학(생각)으로 확장하고 있다.

과거의 기억을 현재의 감정으로 가져올 때

장면 어린 시절 아버지는 늘 구두를 닦았다. 현관 귀퉁이에 쪼그리고 앉아 약을 묻히고 솔질을 하고 광을 냈다. 아버지의 등은 둥글게 굽어 있었고, 구두약 냄새가 좁은 현관을 가득 채웠다. 전환 이제야 나는 그 냄새가 가장의 무게였다는 것을 알게 된다. 생각 아버지는 매일 아침 자신을 닦아내듯 구두를 닦으며 세상으로 나갈 준비를 하셨던 것이다. 반짝이는 구두코에는 가족을 지키려는 비장함이 서려 있었다.

포인트 위 문단은 구두 닦는 아버지(장면)에서 "가장의 무게"라는 깨달음(전환)을 발견하고 아버지에 대한 이해(생각)로 이어지고 있다.

독자는 사슬형 문단에서 글쓴이의 논리력에 설득되고, 전환문단에서 글쓴이의 통찰력에 감동한다. 이 두 가지 무기만 잘 사용해도 글은 단단해지고 깊어진다.

글쓰기 교육에서도 이 원리를 활용할 수 있다. 학생들에게 '하나의 장면을 쓰게 한 뒤, 그 장면에서 무엇을 느꼈는지 짧게 설명해보라'는 과제를 주면, 자연스럽게 장면과 생각 사이를 오가는 훈련이 된다. 또, 좋은 글을 읽을 때도 '이 장면이 왜 이 글의 중심 생각과 연결되는가?'를 분석해보면 글쓰기의 원리를 더 깊이 이해할 수 있다.

글은 결국 연결의 예술이다. 장면과 생각이 따로 놀지 않도록, 그 사이에 의미의 다리를 튼튼히 놓는 법을 익히는 것이 중요하다.

중심문장에서 내용이 확산 분배되는 구조 :

글을 구성하는 다양한 방식 가운데 중심문장에서 내용이 퍼져나가는 구조는 가장 직관적이고도 강력한 글쓰기 전략 중 하나다. 이 구조는 독자에게 하나의 생각을 중심으로 여러 갈래의 설명과 예시, 근거를 펼쳐 보이며 논리적인 이해를 돕는다. 흔히 문단의 전개방식 중 '점층형'이나 '나열형'으로 분류되지만, 좀 더 구체적으로는 중심문장에서 출발하여 내용을 '확산하고 분배하는 방식'이라 할 수 있다. 중심문장은 마치 뿌리처럼 문단 전체의 기초가 되며, 그로부터 여러 줄기의 문장이 자라나는 것이다.

이 구조의 핵심은 중심문장이 단순한 시작점이 아니라 '내용의 분기점'이 된다는 점이다. 중심문장이 제시하는 하나의 핵심 개념이나 주장으로부터 파생되는 다양한 정보가 문단 속에서 제각기 역할을 한다. 이때 각각의 뒷받침문장은 중심문장을 반복하거나 되풀이하는 것이 아니라,

각기 다른 방향에서 중심을 지지하고 확장하는 역할을 한다. 중심은 하나이되, 그 영향력은 넓게 퍼진다.

예를 들어보자. 중심문장이 "좋은 글은 독자를 배려한다"라면, 그 뒤에 이어질 문장들은 다음과 같이 다양하게 분배될 수 있다. 첫째, 글의 문장은 쉬운 단어와 명확한 구조를 갖춰야 한다. 둘째, 독자가 궁금해할 만한 내용을 미리 짚어 설명해주는 세심함이 필요하다. 셋째, 글쓴이의 관점만 고집하지 않고 다양한 입장을 존중하는 태도도 배려의 일환이다. 이처럼 하나의 중심문장에서 세 가지 서로 다른 하위 내용을 확산 분배하는 방식이 바로 이 구조다.

내용을 확산 분배하는 방법

이러한 글쓰기 구조의 장점은 명료함과 논리성이다. 독자는 중심문장을 통해 먼저 글쓴이의 핵심 생각을 잡고, 이후 이어지는 문장에서 그 생각이 어떻게 구체화되고 확장되는지를 따라간다. 처음부터 방향이 정해져 있는 글은 독자에게 안정감을 준다. 그래서 이 구조는 짧은 칼럼, 자기소개서, 제안서, 보고서 등에서 효과적으로 활용된다. 제한된 분량 안에서 설득력 있게 핵심을 전달해야 할 때, 중심문장에서 논지를 퍼뜨리는 방식은 효율적이다.

이 구조를 효과적으로 활용하기 위해서는 중심문장을 단단히 세우는 일이 중요하다. 중심문장은 문단의 명확한 주제를 담아야 하며, 그 자체로 완결된 주장이나 관찰이어야 한다. 예를 들어, "공적인 팀워크는 신뢰에서 출발한다"라는 문장은 뒤이어 나올 여러 개의 문장을 충분히 품을 수 있는 중심문장이다. 이 중심문장으로부터 신뢰를 쌓기 위한 구체적 방법, 신뢰가 무너졌을 때 생기는 문제, 신뢰가 성과에 미치는 영향 등 다양한 내용이 자연스럽게 확산될 수 있다.

이와 같은 분배 구조는 한 가지 생각을 다양한 측면에서 보여주는 데 적합하다. 중심문장에서 선언한 내용을 세부 항목별로 나눠 설명하거나, 다양한 사례나 입장을 보여줄 때 매우 유용하다. 이 구조는 독자에게 중심 생각을 반복하지 않고도 여러 번 접하게 한다는 점에서 설득력을 높인다. 각 문장은 중심문장을 떠받치고 있지만, 동시에 저마다의 색깔을 지닌 소주제로 기능하기 때문에 글 전체에 깊이와 입체감을 부여한다.

그러나 이 구조에도 유의할 점이 있다. 확산이 무질서하게 이뤄지면, 문단은 산만해질 수 있다. 중심문장은 분명하지만, 그에 따른 분배 내용이 정돈되지 않으면 독자는 방향을 잃는다. 따라서 중심문장에서 갈라지는 분기점들은 논리적으로 정리되어야 한다. 이를 위해 번호를 붙이거나 첫째, 둘째, 셋째와 같은 접속어를 사용하기도 한다. 만약 각 분배 항목이 명확한 논리적 관계를 맺고 있다면, 굳이 순서를 밝히지 않아도 문장의 흐름으로 자연스럽게 연결될 수 있다.

또한, 중심문장과 뒷받침문장 사이의 '의미적 거리'를 점검할 필요가 있다. 어떤 경우에는 중심문장과 너무 동떨어진 정보가 뒤에 나와 문단의 통일성을 해치는 경우가 있다. 중심에서 멀어질수록, 그 연결고리를 더 명확하게 해주어야 한다. 예를 들어 중심문장이 "효율적인 시간 관리는 삶의 질을 높인다"인데, 뒷받침문장에서 갑자기 스마트폰 중독이나 직장 내 회의 문화로 논의가 튀게 되면, 독자는 중심이 무엇이었는지를 잊게 된다. 중심문장에서 멀리 나가더라도, 항상 그와의 관계가 설명되어야 한다.

다음 예시문을 보며 확산 분배하는 방법을 살펴보자.

하나의 정의에서 구체적 사례로 펴질 때

구조 : 중심 정의(A는 B다) → 사례1 → 사례2 → 사례3

중심 정의 여행은 결국 내가 얼마나 무지한 존재인지를 확인하는 과정이다. **사례1** 낯선 공항에 내리는 순간, 나는 읽을 수 없는 간판들 앞에서 언어적 무지함을 깨닫는다. **사례2** 식당에서 메뉴판을 받아 들었을 때는 그 나라의 식문화에 대해 내가 아는 것이 전무함을 인정해야 한다. **사례3** 심지어 길을 잃고 헤매는 골목에서는 나라는 사람이 지도 없이는 한 걸음도 뗄 수 없는 나약한 존재라는 사실과 마주하게 된다. 여행지에서의 나는 어린아이처럼 모든 것을 처음부터 다시 배워야만 한다.

포인트 위 문단은 '여행은 무지함을 확인하는 과정'이라는 중심 생각을 던진 뒤 '언어, 식문화, 길 찾기'라는 세 가지 상황으로 내용을 분배하여 설명하고 있다.

한 사람의 특징을 다각도로 보여줄 때

구조 : 인물의 핵심 성격 → 행동1 → 행동2 → 행동3

핵심 성격 김 부장은 그야말로 침묵으로 빚어진 사람 같았다. **행동1** 그는 업무를 지시할 때조차 필요한 단어 몇 개만 건조하게 나열할 뿐, 사적인 농담을 섞는 법이 없었다. **행동2** 점심시간에도 그는 마치 수행자처럼 묵묵히 밥알을 씹어 삼키는 데에만 집중했다. **행동3** 심지어 화가 났을 때조차 소리를 지르는 대신 입을 굳게 다물고 차가운 눈빛으로 허공을 응시함으로써 주변의 공기를 얼어붙게 만들었다.

포인트 위 문단은 '침묵으로 빚어진 사람'이라는 핵심 이미지에서 출발하여 '업무 스타일, 식사 습관, 화내는 방식'이라는 세 가지 측면으로 확산시켜 인물을 입체적으로 보여주고 있다.

논리적이고 설득력 있게 말하려 할 때

구조 : 핵심 주장 → 근거/이유1 → 근거/이유2 → 근거/이유3

핵심 주장 우리가 고전문학을 읽어야 하는 이유는 시대를 초월하는 인간의 본질이 그 안에 담겨 있기 때문이다. **근거1** 셰익스피어의 희곡을 읽으며 우리는 수백 년 전의 질투와 야망이 지금의 우리와 다르지 않음을 발견한다. **근거2** 도스토옙스키의 소설 속에서는 인간 내면의 가장 밑바닥에 있는 죄의식과 구원의 갈망을 목격하게 된다. **근거3** 또한 박경리의 문장들을 통해 우리는 이 땅의 역사가 개인의 삶에 남긴 흉터와 생명력을 생생하게 체험한다. 고전은 낡은 책이 아니라, 인간이라는 영원한 숙제를 푸는 해설서다.

포인트 위 문단은 '고전문학에 인간의 본질이 담겨 있다'는 중심 생각을 '셰익스피어(질투/야망), 도스토옙스키(죄의식), 박경리(역사와 생명력)'라는 세 가지 예시로 확장하여 설득력을 높이고 있다.

중심문장에서 내용이 퍼져나가는 글은 독자에게 마치 지도를 건네주는 것과 같다. "지금부터 이 방향으로 이야기하겠습니다."라고 선언한 이후, 그 방향에 따라 논리가 전개되는 것이다. 독자는 방향을 잃지 않고, 중심 생각을 되새기며 글쓴이의 세계를 여행하게 된다. 중심에서 출발해 끝까지 연결된 글은 독자에게 강한 인상을 남긴다. 처음과 끝이 연결되어 있다는 느낌은 곧 '생각의 완결성'을 의미하기 때문이다.

글쓰기는 생각을 분배하는 기술이다. 중심문장을 세우고, 그 문장에서 파생된 생각들을 질서 있게 배치하는 능력은 글의 논리성과 설득력을 결정한다. 중심이 명확하고, 그 중심으로부터 자연스럽게 내용이 확산되는 글은 독자를 흔들림 없이 안내한다. 말하고 싶은 것이 많을수록, 중심을 더 단단히 잡아야 한다. 확산은 풍요로움을 주지만, 중심이 있어야만 길을 잃지 않는다.

다음 소설 문단을 읽으면서 문단의 구조가 어떻게 확산 분배되는지 살펴보자. 소설의 예문은 앞에서 언급했던 것처럼 문단 이론에 딱 맞아떨어지진 않는다. (소설은 예술이니까 형식의 파괴쯤이야 얼마든지 할 수 있기 때문이다.) 하지만 위의 예시 문단들을 이해했다면 소설가가 어떤 식으로 문단을 전개했는지 그림이 그려질 것이다.

아래층에 사는 맥키 씨는 창백하고 여성적인 분위기를 풍기는 남자였다. 방금 면도를 마친 듯 광대뼈에는 흰 비누 거품 한 점이 그대로 묻어 있었지만, 그는 방 안의 모든 이들에게 무척이나 정중하게 인사를 건넸다. 그는 자신이 '예술 분야'에 종사한다고 소개했는데, 나중에야 나는 그가 사진작가라는 사실을 알게 되었다. 벽에 걸린 채 유령처럼 흐릿하게 떠돌던 윌슨 부인 어머니의 확대 사진을 찍은 장본인이 바로 그였던 것이다.

– F. 스콧 피츠제럴드, 《위대한 개츠비》

포인트 "아래층에 사는 맥키 씨는 창백하고 여성적인 분위기를 풍기는 남자였다"가 문단의 핵심 내용이다. 이 중심문장을 보고 이 문단은 맥키 씨라는 인물의 성격적·외형적 특징과 정체를 소개하는 것이 목적임을 알 수 있다.
'흰 비누 거품이 묻은 얼굴', '정중하게 건네는 인사' 같은 행동을 먼저 보여주고, '자신을 예술가라고 소개하는 말'에서 정보를 주고 있다. '실제로는 사진가이며 유령처럼 흐릿하게 떠돌던 윌슨 부인 어머니의 확대 사진을 찍은 사람'이라는 내용에서는 앞선 정보를 좀 더 구체화하고 있다. 이를 통해 중심문장이 뒷받침문장에서 어떻게 확산 분배되고 있는지 확인할 수 있다. 문단 전체가 '맥키 씨'라는 인물을 중심으로 구조화되어 있다.

확산 분배하는 구조는 글쓰기 교육현장에서도 유익하다. 글쓰기 초보자들에게 '한 문장으로 중심을 세우고, 그것을 나눠서 설명해보라'고 과제를 주면, 자연스럽게 글의 뼈대를 잡는 연습을 할 수 있다. 자기소개서에 대한 강의를 할 때 "저는 성실함을 가장 중요한 가치로 생각합니다"라는 중심문장 아래에, 그 성실함을 보여주는 다양한 경험을 나열해보게 한다. 이렇게 글을 써보면 내용이 정돈되고 설득력도 높아진다. 이는 학술적 글쓰기에서도 마찬가지다. 연구 주제를 제시한 뒤, 그 주제에 관련된 세부 논점을 항목별로 분배해 설명하는 것이 학술적 글쓰기의 기본 구조다.

여러 문단이 혼합된 복합문단 구조 :

문단은 글의 기본 단위이지만, 단순한 문장의 묶음은 아니다. 하나의 문단 안에는 중심 생각이 있고, 이를 뒷받침하는 문장들이 논리적으로 배열되어야 한다. 초보 글쓰기에서는 중심문장을 먼저 제시하고, 이를 예시·근거·비교 등으로 설명하는 단일 구조의 문단을 주로 사용한다. 그러나 글쓰기의 수준이 높아질수록, 문단은 더 복잡하고 풍부한 구조를 갖게 된다. 중심문장을 분기점으로 여러 방향의 설명이 퍼져나가고, 다양한 방식의 전개가 한 문단 안에 함께 작동한다. 이를 '복합문단'이라 부른다.

복합문단이란, 하나의 문단 안에 여러 가지 문단 구성 방식이 혼합되어 있는 문단을 말한다. 중심문장을 부연 설명하는 사슬형으로 문장이 이어지는 구조, 장면과 생각이 교차하는 구조, 비교 · 대조를 사용하는 구조 등 서로 다른 구성 방식이 한 문단 안에서 유기적으로 결합될 때 복합문단이 탄생한다. 복합문단은 단순히 구조가 많다는 뜻이 아니라, 그 구조들이 서로 조화를 이루며 중심 생각을 더욱 입체적으로 보여준다는 의미다.

예를 들어보자. 중심문장이 "좋은 리더는 말보다 행동으로 조직을 이끈다"라고 설정되었을 때, 복합문단은 다음과 같은 방식으로 구성될 수 있다. 먼저 중심문장을 제시한 후, 구체적인 사례 하나를 통해 그 의미를 장면처럼 보여준다. 이어서 그 장면에 대한 분석이 이어지고, 다른 리더의 상반된 사례를 대조하면서 중심 생각을 강화한다. 마지막에는 다시 중심 생각으로 회귀하며 문단을 마무리한다. 이 안에는 중심문장 → 예시 → 분석 → 대조 → 요약의 구조가 모두 담겨 있다. 복합문단은 이처럼 다양한 전략을 조합해 독자에게 깊은 인상을 준다.

복합문단의 가장 큰 특징은 '움직임'이다. 단순한 설명이나 나열이 아닌, 생각의 흐름이 여러 방향으로 전개되면서 독자가 글을 따라가는 경험을 하게 만든다. 이 움직임은 단조로운 글의 리듬을 깨뜨리고, 독자의 사고를 자극한다. 예를 들어, 어떤 문단이 '첫째, 둘째, 셋째'만으로 구성되면 정보 전달은 되지만, 읽는 재미나 논리적 긴장감은 떨어질 수 있다. 반면, '이런 사례도 있지만, 반대의 경우도 존재한다'거나 '이런 상황에서 내가 느낀 점은 다음과 같았다'처럼 사고의 방향이 다양하게 전개될 때 문단은 생동감을 얻는다.

복합문단은 특히 수필, 칼럼, 인터뷰 글, 자기소개서, 보고서 등에서 자주 사용된다. 자기 이야기를 하면서도 사회적 맥락을 연결하고, 구체적인 장면을 보여주면서도 그 장면에 대한 생각을 덧붙이는 글은 자연스럽게 복합 구조를 필요로 한다. 예컨대, 자기소개서에서 "저는 위기 상황에서 침착함을 유지하는 편입니다"라는 문장을 중심으로 실제 경험을 하나 들고, 그 경험 속에서의 감정 변화와 판단 과정을 설명하며, 유사한 상황에서의 타인의 반응과 비교한 후, 그 경험이 지금의 자신에게 어떤 영향을 주었는지를 서술한다면, 이것은 매우 완성도 높은 복합문단이 된다.

이처럼 복합문단은 다양한 구성 방식을 조화롭게 활용하지만, 가장 중요한 것은 여전히 '하나의 중심 생각'이다. 다양한 전개 방식이 아무리 조화롭게 어우러져도, 중심 생각이 흐려지거나 사라지면 문단은 산만해지고 힘을 잃는다. 복합문단의 목적은 구조의 다양함이 아니라, 중심 생각을 입체적으로 보여주기 위함이다. 중심은 단단하게, 전개는 유연하게. 이것이 복합문단의 이상적인 모습이다.

복합문단을 잘 쓰기 위해선, 기본적인 단일 구조를 먼저 충분히 익혀야 한다. 중심문장을 쓰고, 그것을 뒷받침하는 문장을 구성하는 훈련을 반복하면서 나열형, 사슬형, 비교형, 장면—생각 연결형 등 각각의 전개 방식을 하나씩 익히는 것이 중요하다. 이후에는 이 전개 방식들을 상황에 맞게 조합하고 섞어보는 실험이 필요하다. 이는 마치 요리에서 기본 재료와 조리법을 익힌 뒤, 재료를 섞고 조합하여 새로운 요리를 만드는 과정과도 닮았다.

복합문단은 작가의 사고력과 구성력을 드러내는 장치이기도 하다. 한 가지 방식만으로 구성된 문단은 명확하고 안전하지만, 때로는 단조롭다. 반면, 복합문단은 하나의 생각을 다양한 층위에서 풀어냄으로써 글의 밀도를 높인다. 독자 입장에서도 복합문단은 더 많은 자극과 해석의 기회를 제공한다. 읽을수록 뜻이 확장되고, 한 문단만 읽어도 글쓴이의 깊이를 짐작할 수 있게 된다. 이는 곧 글쓰기의 완성도와 직결된다.

복합문단을 쓰는 데 있어 가장 조심해야 할 점은 '욕심'이다. 너무 많은 구조를 한 문단에 억지로 넣으려 하다 보면, 글은 중심을 잃고 흩어진다. 또 여러 방식이 서로 충돌해 흐름이 끊길 수 있다. 그러므로 처음에는 두세 가지 구성 방식을 자연스럽게 연결하는 수준에서 시작하는 것이 좋다. 예를 들어, 중심문장 → 예시 → 생각의 해석 정도만으로도 훌륭한 복합문단이 될 수 있다.

결국 복합문단은 생각을 입체적으로 보여주는 하나의 도구다. 복합문단을 통해 우리는 하나의 중심 생각을 여러 각도에서 조망할 수 있고, 단순히 '말하는' 글이 아니라 '보여주는' 글을 쓸 수 있다. 중심문장은 생각의 씨앗이고, 복합문단은 그 씨앗에서 다양한 가지와 잎이 뻗어나가는 방식이다. 잘 쓴 복합문단은 문단 하나만으로도 하나의 짧은 에세이처럼 읽힌다.

필사하며 익히는
기능별 문단

날개

이 장난도 곧 싫증이 난다. 나의 유희심은 육체적인 데서 정신적인 데로 비약한다. 나는 거울을 내던지고 아내의 화장대 앞으로 가까이 가서 나란히 늘어놓인 그 가지각색의 화장품 병들을 들여다본다. 고것들은 세상의 무엇보다도 매력적이다. 나는 그중의 하나만을 골라서 가만히 마개를 빼고 병 구멍을 내 코에 가져다 대고 숨죽이듯이 가벼운 호흡을 해본다. 이국적인 센슈얼한 향기가 폐로 스며들면 나는 저절로 스르르 감기는 내 눈을 느낀다. 확실히 아내의 체취의 파편이다. 나는 도로 병마개를 막고 생각해본다. 아내의 어느 부분에서 이런 내음새가 났던가를……. 그러나 그것은 분명치 않다. 왜? 아내의 체취는 여기 늘어선 가지각색 향기의 합계일 것이니까.

이상 지음

위대한 개츠비

아래층에 사는 맥키 씨는 창백하고 여성적인 분위기를 풍기는 남자였다. 방금 면도를 마친 듯 광대뼈에는 흰 비누 거품 한 점이 그대로 묻어 있었지만, 그는 방 안의 모든 이들에게 무척이나 정중하게 인사를 건넸다. 그는 자신이 '예술 분야'에 종사한다고 소개했는데, 나중에야 나는 그가 사진작가라는 사실을 알게 되었다. 벽에 걸린 채 유령처럼 흐릿하게 떠돌던 윌슨 부인 어머니의 확대 사진을 찍은 장본인이 바로 그였던 것이다.

F. 스콧 피츠제럴드 지음

3장

문단을 탄탄하게 만드는 비결

장면을 만드는 기술
묘사, 서사, 대화 :

문단은 단순한 정보의 묶음이 아니라, 장면을 만들어내는 최소 단위다. 그리고 장면은 묘사, 서사, 대화를 통해 만들어진다.

묘사는 다섯 가지의 감각을 통해 이미지를 그려준다. 시간의 흐름을 멈추거나 천천히 흐르게 하면서 독자의 감정에 호소한다. 서사는 시간의 흐름을 따라 이야기를 전개한다. 특히 서사의 기법 중 하나인 말하기telling는 빠르게 사건을 전개하거나 독자에게 상황이나 정보를 전달하기에 유용하다. 대화dialogue는 등장인물 간의 대사를 주고받는 걸 말하며 소설에서는 인물의 성격, 가치관, 감정 등을 보여준다. 독자는 등장인물들의 대화를 통해 그들의 성격적 특징, 타인과의 관계, 갈등과 화해 등을 자연스럽게 파악할 수 있다. 산문에서는 이렇게 묘사, 서사, 대화의 문장으로 이루어진다.

묘사는 보여주고, 서사는 이끈다. 묘사 문단은 정지된 듯 보이지만,

인물과 배경의 감정을 전달하는 힘이 있다. 반면, 서사 문단은 시간과 사건을 밀고 나간다. 좋은 문단은 이 두 가지를 자연스럽게 오간다. 정지와 진행의 리듬을 조절하면서 독자를 붙잡는 것이다. 장면을 구성할 때 이 둘을 어떻게 배치하는지가 문단의 밀도와 몰입도를 결정짓는다.

보여주는 묘사, 이끄는 서사

태양이 사막의 지평선 너머로 저물고, 야생 들소의 머리 모양을 한 구름이 한동안 저녁노을에 붉은 테두리를 두르고 있더니, 이내 그 형태를 무너뜨리며 색을 바꾸어갔다. 금가루를 뿌려놓은 듯 휘황찬란하던 붉은빛이 차츰 황색을 띤 주황색으로 변했고, 뒤이어 그 색마저 옅어지며 보랏빛이 되었다. 그 보라색을 녹여 삼켜버릴 것 같은 땅거미가 내려앉기 시작할 무렵, 행덕은 부대 본부에서 나와 낙타에 올라탔다. 다음 날 아침 위지광과 약속한 장소로 가기 위해, 행덕은 광장 한복판을 가로질러 낙타를 몰았다. 어스름한 어둠 속에서는 사람과 짐승들이 꿈틀대고 있었다. 짐을 싣는 작업은 이미 시작된 상태였다. 가까이 다가가 보니 수많은 사람이 분주하게 낙타 주변에서 일하고 있었고, 때때로 위지광의 낮게 울리는 고함이 사방으로 들려왔다.

– 이노우에 야스시, 《둔황》

포인트 문단의 중간쯤에 있는 “그 보라색을 녹여 삼켜버릴 것 같은 땅거미가 내려앉기 시작할 무렵, 행덕은 부대 본부에서 나와 낙타에 올라탔다” 가 서사적 중심이다. 앞부분의 풍경 묘사와 뒷부분의 인물, 사건 묘사는 모두 이 문장을 중심으로 모인다.

주인공 행덕이 위지광과 약속한 장소로 가기 위해 해질녘 사막을 가로지르는 묘사 장면에서는 장중한 분위기를 엿볼 수 있다. 색채의 변화(빨간색 ➔ 황금색 ➔ 주황색 ➔ 보라색)로 사막의 시간을 시각화하고 있다. 또한 어둠, 분주함, 고함 속에서 행덕의 움직임을 통해 앞으로 다가올 긴장감을 암시한다.

문단에서 보통 중심문장의 위치는 앞이나 뒤(또는 앞뒤)에 온다. 그런데 위의 예시 문단은 중심문장이 문단의 중간이 있는 것이 특이하다. 위 문단에서 "땅거미가 내려앉기 시작할 무렵, 행덕은 부대 본부에서 나와 낙타에 올라탔다"가 중심문장이다. 노을과 구름의 변화에 대한 색채 묘사, 광장을 가로지르는 행덕의 행동 묘사, 땅거미 속 사람들과 동물들의 움직임 묘사, 적재 작업 현장의 소리와 혼잡 묘사를 통해 중심문장을 생동감 있게 뒷받침한다. 뒷받침문장들은 중심문장의 사건을 더 입체적이고 감각적으로 드러내는 역할을 한다.

개와 아이가 시야에서 사라지자, 연둣빛 어린잎들로 가득 찼던 드넓은 수목원에는 다시금 본래의 정적이 가라앉았다. 우리는 서로 아무 말도 하지 않은 채, 한동안 그 고요 속에 몸을 맡겼다. 그러는 사이 고왔던 하늘빛은 서서히 빛이 바래며 탁해졌다. 눈앞의 나무들은 대부분 단풍나무였는데, 가지마다 이슬처럼 맺혀 있던 연둣빛 어린잎들도 조금씩 어둠에 잠겨가는 듯 보였다. 그때 저 멀리 길가에서 짐수레를 끄는 덜컹거리는 소리가 들려왔다. 나는 마을 남자가 정원수 같은 것을 싣고, 저녁 공양을 위해 사원이나 신당으로 향하는 길이라 멋대로 상상해보았다. 선생님은 그 소리를 듣더니, 마치 깊은 명상에서 문득 깨어난 사람처럼 자리에서 일어났다.

– 나쓰메 소세키,《마음》

포인트 "개와 아이가 시야에서 사라지자, 연둣빛 어린잎들로 가득 찼던 드넓은 수목원에는 다시금 본래의 정적이 가라앉았다"가 전체 분위기와 의미를 규정하는 중심문장이다. 즉 '수목원이 다시 고요함을 되찾은 순간'이 핵심 내용이며 이후의 문장들은 그 고요 속에서 일어난 감각적 변화와 인물의 반응을 다양한 감각을 통해 구체화한다.

위 문단의 흐름은 재미있다. 글 속에서 시간이 어떻게 정지되는지, 천천히 흐르는지 알 수 있다. 먼저 글은 인물의 정적 상태("우리는 서로 아무 말도 하지 않은 채, 한동안 그 고요 속에 몸을 맡겼다")에서 시작한다. 그리고 시간적 묘사("그러는 사이 고왔던 하늘빛은 서서히 빛이 바래며 탁해졌다"), 자연의 변화("눈앞의 나무들은 대부분 단풍나무였는데, 가지마다 이슬처럼 맺혀 있던 연둣빛 어린잎들도 조금씩 어둠에 잠겨가는 듯 보였다"), 청각적 묘사("그때 저 멀리 길가에서 짐수레를 끄는 덜컹거리는 소리가 들려왔다"), 심리적 묘사("나는 마을 남자가 정원수 같은 것을 싣고, 저녁 공양을 위해 사원이나 신당으로 향하는 길이라 멋대로 상상해보았다")로 이어진다. 여기까지는 시간이 아주 천천히 흘렀거나 거의 정지된 채 있다는 걸 알 수 있다.

마지막 문장에서 인물의 행동 변화("선생님은 그 소리를 듣더니, 마치 깊은 명상에서 문득 깨어난 사람처럼 자리에서 일어났다")로 이어진다. 문단의 앞에서는 '정적'과 '꼼짝하지 않음'에서 시작해서 그 정적 상황을 여러 감각을 통해 보여주고 마지막 문장에서 '일어났다'라는 행동으로 이어지는 구조다. 하나의 문단에 하나의 장면을 깔끔하게 보여주고 있다.

> 나는 검은 상복용 천을 사기 위해 읍내로 향했다. 그 천으로 깃대를 감싸고, 끝부분에는 9센티미터 남짓한 폭의 검은 리본을 매달아 대문 옆 길가 쪽을 향해 비스듬히 내걸었다. 국기와 검은 리본은 미풍조차 없는 공기 속에 힘없이 늘어져 있었다. 우리 집의 낡은 지붕은 짚으로 이어져 있었다. 비바람에 씻긴 그 짚들은 심하게 변색되어 꾀죄죄한 잿빛으로 보였고, 여기저기 움푹 패거나 튀어나와 있어 보기 흉할 정도였다. 나는 홀로 대문 밖으로 나가 검은 리본과 흰 모슬린 깃발, 그리고 그 하얀 정 중앙에 그려진 붉은 원을 가만히 응시했다. 퇴락한 지붕의 짚더미를 배경으로, 그 위에서 국기가 선명하게 도드라져 보이는 풍경을 한참 동안 바라보았다.
>
> – 나쓰메 소세키, 《마음》

포인트 "나는 검은 상복용 천을 사기 위해 읍내로 향했다"라는 중심문장을 먼저 제시하고 그 뒤로 깃발을 꾸미는 과정의 행동, 미풍조차 없는 공기 속에 늘어져 있는 검은 리본, 낡고 변색된 지붕, 흰 모슬린 깃발 등 묘사를 통해 중심문장의 내용과 정서를 입체적으로 뒷받침하고 있다. 뒷받침문장들은 중심문장에서 시작된 '상징 작업'의 의미를 풍부하게 확장시킨다.

지하실은 몇 칸으로 나뉘어 있었고, 그중 열린 문 하나 사이로 로자 아줌마의 뒷모습이 보였다. 새어 나오는 불빛을 따라 조심스레 안을 들여다보았다. 방 한가운데는 다리가 부서져 푹 꺼진 낡은 안락의자가 놓여 있었고, 아줌마는 마치 그 폐허의 일부처럼 앉아 있었다. 벽면의 돌들은 마치 뿌리가 드러난 이빨처럼 툭 튀어나와 기괴하게 웃고 있는 것만 같았다. 옷장 위 유대식 촛대에는 촛불 한 자루가 위태롭게 타오르고 있었다. 무엇보다 놀라운 건 당장 내다버려야 할 것 같은 낡은 침대 위에 매트리스와 이불, 베개까지 정갈하게 갖춰져 있었다는 사실이다. 그곳은 그녀만의 가장 낮고도 거룩한 동굴이었다.

– 에밀 아자르, 《자기 앞의 생》

포인트 위 문단은 "지하실은 몇 칸으로 나뉘어 있었고, 그중 열린 문 하나 사이로 로자 아줌마의 뒷모습이 보였다"라는 중심문장을 제시하고 뒷받침 문장을 연결하고 있다. '열려 있는 지하실 한 칸'이 어떤 분위기와 사물들로 구성되어 있는지 시각적·공간적·정서적으로 자세히 보여주고 있다. 다양한 형태의 묘사를 통해 지하실의 기묘함, 음산함, 서사적 긴장을 드러내 중심문장이 제시한 장소의 의미를 풍부하게 해준다.

에밀 아자르의 소설 《자기 앞의 생》에서 지하실은 단순한 배경이 아니라 작품의 핵심 주제인 존엄, 생존, 가난, 보호 같은 상징을 압축해낸 중요한 서사적 장치다. 특히 로자 아줌마의 숨겨진 삶과 존재의 무게를 드러내는 공간이기도 하다.

사건을 빠르게 만드는 말하기 기법

그에 비하면 고양이는 참으로 간편한 존재다. 먹고 싶으면 먹고, 자고 싶으면 자고, 화가 날 때는 온 힘을 다해 화를 내며, 울 때는 죽을 듯이 운다. 무엇보다 일기 같은 쓸데없는 물건은 결코 남기지 않는다. 그럴 필요가 없기 때문이다. 주인처럼 겉과 속이 다른 인간은 일기라도 써서, 세상에 드러낼 수 없는 자신의 진면목을 어두운 방 안에서나마 발휘할 필요가 있을지 모르겠다. 하지만 우리 고양이족은 걷고 머물고 앉고 눕는 일상부터 가래를 뱉고 오줌을 누는 자잘한 일까지 모두가 진정한 일기다. 그러니 굳이 번거롭게 공을 들여 자신의 본모습을 보존할 이유가 없다. 일기 쓸 시간이 있다면 툇마루에서 낮잠이나 자는 게 상책이다.

– 나쓰메 소세키, 《나는 고양이로소이다》

포인트 '말하기' 기법이 전면에 배치된 문단이다. 소설의 풍자적 논리와 화자의 태도를 또렷하게 드러내는 역할을 한다. 고양이가 인간과의 대비를 선언하고, 행동의 예시를 설명하며, 고양이가 본 인간에 대한 해석을 독자에게 맡기지 않고 화자(고양이)가 직접 결론을 내려 고양이의 세계관을 노골적으로 드러낸다.

말하기는 글의 속도를 빠르게 한다. 나쓰메 소세키의 대표작 《나는 고양이로소이다》에서 고양이가 인간의 가식적인 일기 쓰기 습관을 비웃으며 자신의 당당한 본능을 뽐내는 유쾌한 대목이다.

인물의 성격, 가치관을 보여주는 대화

"항복 안 할까?"

"안 해, 안 해."

"안 되겠다, 안 되겠어."

"안 나오는데."

"두 손 들고 나오지 않을까?"

"안 나올 리가 없지."

"짖어봐."

"멍멍."

"멍멍."

"멍멍멍멍."

그다음에는 일렬종대로 늘어선 전원이 함성을 질렀다.

– 나쓰메 소세키, 《나는 고양이로소이다》

포인트 《나는 고양이로소이다》에서 고양이는 인간 세계의 관찰자이며 소설의 화자다. 화자는 인간 사회에 직접 개입하지 않고 다소 높은 위치에서 사람의 말과 행동을 냉정하면서도 우스꽝스럽게 관찰한다. 이 대화는 단순한 말장난이나 현장 소음의 재현이 아니라 《나는 고양이로소이다》라는 작품의 세계관, 서술 전략, 풍자를 응축해 보여주고 있다.

이 장면의 대화는 아이들을 구경거리로 삼는 장면이다. 여기서는 누가, 왜, 무엇을 상대로 하는 대화인지 정보가 없다. 대화라기보다 각자의 혼잣말을 열거해놓고 상황을 보여주고 있다. 문장을 딱딱, 치고 나가는 맛이 나고 진행이 빠르다.

하나코는 우선 첫인사를 마치고는 집 안을 둘러보며 말했다.

"집이 참 좋네요."

주인은 속으로 '거짓말 마'라고 말하며 뻐끔뻐끔 담배를 피워댔다.

메이테이 선생은 천장을 올려다보며 넌지시 주인을 재촉했다.

"여보게, 저건 비가 샌 얼룩인가, 아니면 널빤지의 나뭇결인가? 참 묘한 무늬로군."

"물론 비가 샌 걸세."

주인이 대답했다.

"근사한데."

메이테이 선생이 시치미를 떼고 대답했다.

하나코는 이들 두 사내가 영 사교를 모르는 사람들이라고 속으로 분개했다. 잠시 세 사람은 마주 앉은 채 말이 없었다.

"드릴 말씀이 좀 있어서 찾아뵈었습니다만."

하나코가 다시 말문을 열었다.

"네에."

– 나쓰메 소세키, 《나는 고양이로소이다》

포인트 대화를 하나의 문단으로 설명할 수는 없다. 대사 하나하나가 하나의 문단이기 때문이다. 따라서 직접화법으로 처리된 대사는 그만큼 비중이 크다. 직접화법은 그 안의 내용이 아무리 짧다 해도 도드라질 수밖에 없다. 즉 내용의 강조다.

위 문단에서 대화는 말을 주고받는 기능을 넘어 인물의 성격, 관계, 장면의 긴장 상태를 동시에 드러낸다. 세 사람이 얼마나 서로 어긋난 채 말하고 있는지를 풍자적으로 보여주는 역할을 한다.

정보의 배열 순서, 일반적인 것에서 구체적인 것으로 :

문단은 정보를 흐르게 하는 통로다. 독자는 앞 문장의 단서를 따라 다음 문장을 예측하며 읽는다. 중요한 건 '정보의 순서'와 '리듬'이다. 무엇을 먼저 말하고, 무엇을 나중에 밝히는지가 긴장을 만든다. 정보가 산만하거나 반복되면 글이 늘어진다. 정보 흐름이 탁월한 문단은 독자에게 '생각이 잘 정리된다'는 느낌을 준다.

문단은 정보를 효과적으로 전달하기 위한 구조를 갖는다. 일반적인 사실에서 출발해 구체적인 사례로 나아가는 방식은 독자의 이해를 돕는다. 또는 익숙한 개념에서 낯선 정보로 이어지며 사고를 확장시키기도 한다. 문단 안의 정보 배열에는 질서가 있어야 한다. 이 흐름이 매끄러울수록 문단은 설득력을 갖는다.

그는 아무것도 기억하지 못했다. 어제 마신 우유가 따스했는지 차가웠는지도, 지나온 나날들이 어떠한 모습이었는지도 그에겐 남아 있지 않았다. 그저 기억하지 못할 뿐이었다. 그의 세상에는 이제 요람과 보모 나나의 친숙한 얼굴만이 존재했다. 그에게 기억이란 이미 사라져버린 것이었다. 배가 고프면 울음을 터뜨렸고, 그것이 그가 할 수 있는 전부였다. 낮과 밤이 흐르는 동안 그는 숨을 쉬었다. 그의 머리 위로 부드러운 중얼거림과 속삭임이 아주 희미한 소리가 되어 들려왔고, 그 너머로 어렴풋한 냄새와 빛, 그리고 어둠만이 감돌고 있을 뿐이었다.

– F. 스콧 피츠제럴드, 〈벤저민 버튼에게 일어난 기이한 현상〉

포인트 "그는 아무것도 기억하지 못했다"는 문단의 핵심 내용을 압축된 형태로 제시한다. '기억 없음'이 인물의 상태를 규정하는 중심 개념이며 뒷 문장들은 기억의 부재가 어떤 모습으로 나타나는지를 보여준다. 즉 뒷받침문장들은 감각 · 상황 · 행동의 묘사를 통해 기억이 없는 존재가 어떤 방식으로 세상을 경험하는지를 구체화하며 중심문장이 전달하고자 하는 상태를 깊이 있게 드러낸다.

위 문단은 '기억 없음'이라는 포괄적이고 일반적인 정보에서 점차 감각적이고 구체적인 정보로 내려가는 방식을 취했다. '우유의 온도', '하루의 흐름' 등 일상적 요소를 통해 '기억 없음'이 어떤 의미인지 구체화한다. 그다음에는 "그의 세상에는 이제 요람과 보모 나나의 친숙한 얼굴만이 존재했다"라는 문장을 통해 기억의 부재가 그의 세계를 어떻게 제한하는지 구체적 사물과 대상으로 좁혀간다.

구체화는 여기서 끝나지 않는다. "부드러운 중얼거림과 속삭임", "어렴풋한 냄새와 빛, 그리고 어둠"으로 다시 한 번 더 내려가서 소리, 냄새, 빛으로 감각의 단위를 해체하는 단계에 이른다. 정보의 구체화를 거쳐 미시화 단계까지 내려간 구조다.

리듬과 강조를 만드는 장치, 반복과 대비 :

운율의 미학을 말할 때 우리는 흔히 시(詩)를 떠올린다. 하지만 산문에서도 운율과 리듬은 중요하다. 좋은 산문은 단어의 의미만으로 독자를 이끄는 것이 아니라, 문장 사이에 숨겨진 호흡과 박자, 반복과 변주를 통해 정서적 울림을 만든다. 짧고 긴 문장의 교차, 반복되는 어구, 소리의 흐름은 독자의 마음속에 파문처럼 번져 감정의 깊이를 더한다. 산문이 정보를 전달하는 데 그치지 않고 기억에 남는 문장이 되려면 리듬감 있는 문장 구조와 언어의 리듬을 고려해야 한다. 결국 산문도 음악처럼 읽혀야 비로소 살아 있는 글이 된다.

문장이나 단어를 반복하면 리듬이 생기고, 강조하고 싶은 핵심이 뚜렷해진다. 반복은 안정감을 만들고, 대비는 긴장감을 만든다. 같은 단어, 같은 구조의 반복은 강조를 만든다. 그러나 과도한 반복은 지루하다. 대비는 차이를 강조하는 힘이다. 두 인물의 태도, 두 사건의 방향이 대비되면 독자는 자연스럽게 비교하게 된다. 대비되는 이미지를 나란히 배치하면 문단은 생동감을 얻는다.

반복과 대비는 문장 간의 관계를 풍부하게 하고, 문단 전체에 리듬을 부여한다. 작가들은 이 두 도구를 통해 문단의 긴장을 조율한다. 이 두 장치가 감정의 진폭과 스타일을 만든다. 잘 짜인 문단은 단어 하나에도 리듬과 의미가 있다.

공간의 대비

내가 둥지를 튼 웨스트에그는 이스트에그에 비하면 확실히 덜 화려한 동네였다. 물론 이 정도 수식어만으로는 두 지역 사이에 흐르는 기이하고도 못내 불길한 격차를 온전히 표현하기란 불가능하다. 지나치게 피상적인 꼬리표일 뿐이니까. 나의 집은 그 '달걀' 모양 지형의 가장 끝자락에 자리 잡고 있었는데, 해협과는 고작 50야드 거리였다. 또한 한 철 빌리는 데만 1만 2천에서 1만 5천 달러는 족히 지불해야 하는 거대한 두 저택 사이에 가련하게 끼어 있는 형국이었다. 그중 오른쪽에 자리한 집은 어느 모로 보나 실로 엄청난 대저택이었다. 노르망디의 어느 시청 건물을 그대로 본뜬 듯한 그곳에는, 한쪽에 가느다란 수염처럼 야생 담쟁이덩굴이 갓 돋아난 신축 탑이 솟아 있었고, 대리석 수영장과 40에이커가 넘는 광활한 잔디밭과 정원이 딸려 있었다. 바로 개츠비의 저택이었다. 아니, 그때는 개츠비라는 인물을 몰랐을 때이니, 그저 그런 이름의 어떤 신사가 살고 있는 저택이라 부르는 게 맞을 것이다.

– F. 스콧 피츠제럴드, 《위대한 개츠비》

포인트 "내가 둥지를 튼 웨스트에그는 이스트에그에 비하면 확실히 덜 화려한 동네였다"가 문단 전체의 주제를 제시하는 중심문장이다. '웨스트에그와 이스트에그의 차이'가 위 문단의 핵심이라는 걸 알 수 있다. 뒷받침문장을 통해 중심문장에서 제시한 두 지역의 공간 대비를 구체적 장면과 세부적 묘사로 드러낸다.

F. 스콧 피츠제럴드의 소설《위대한 개츠비》에서는 이러한 공간 대비를 통해 사회적 계층 대비, 화자의 시선과 위치, 개츠비라는 인물의 신비함과 부의 상징성 강화, 웨스트에그와 이스트에그의 전통 대비, 화자의 고립이나 낮은 사회적 위치 등을 암시한다.

냄새의 대비

가죽을 끌어올려 얼굴을 가립니다. 썩어가는 생가죽과 온갖 화공약품들의 냄새가 뒤섞여 있습니다. 그리고 익숙한 당신의 냄새가 있습니다. 가죽 안에 살이 채워지고 핏줄이 온몸 구석구석 이어지고 살갗 아래로 피돌기가 살아나 가죽만 남긴 짐승이 온전한 한 생명으로 돌아오는 것을 상상해봅니다. 당신이 살아나 나를 껴안고 있는 듯 따뜻합니다. 어둠도 이렇게 따뜻하고 아늑하군요.

– 강진,《흰 바퀴벌레 이야기》

포인트 "썩어가는 생가죽과 온갖 화공약품들의 냄새가 뒤섞여 있습니다"가 위 문단의 감각적 중심이다. 독자에게 가장 먼저 강하게 전달되는 것은 시각이 아니라 후각이며 이후 모든 서술은 이 냄새를 둘러싼 대비와 변형으로 전개된다.

'썩음'과 '화공약품'이라는 차갑고 인공적이며 죽음에 가까운 냄새 속에 "익숙한 당신의 냄새"라는 인간적이면서 생명이 느껴지는 냄새가 끼어든다. 특히, 위 문단에서 냄새의 대비는 죽음의 공간을 위로의 공간으로 전환시키는 핵심 장치다.

신체의 노쇠와 건물의 대비

불행히도 로자 아줌마에겐 많은 변화가 들이닥쳤다. 너무 오래 산 사람들에게 늘 그렇듯, 자연의 법칙은 그녀의 다리와 심장, 간과 동맥 등 몸속 구석구석을 가리지 않고 공격해왔다. 건물에 엘리베이터가 없었기에 아줌마는 종종 계단 참 사이에 낀 채 꼼짝도 못 하곤 했다. 그럴 때면 우리 모두는, 심지어 바나니아까지 합세해 내려가 그녀를 위로 밀어 올렸다. 바나니아 역시 이제 막 삶에 눈을 뜨기 시작한 참이라, 자기 몫의 고기 접시를 빼앗겨서는 안 된다는 것쯤은 이미 느끼고 있었다.

-에밀 아자르, 《자기 앞의 생》

포인트 중심문장은 "불행히도 로자 아줌마에겐 많은 변화가 들이닥쳤다"이다. 이를 통해 로자 아줌마에게 노쇠와 쇠약이라는 변화가 찾아왔다는 걸 맨 앞에서 말하고 있다.

뒤에 이어지는 문장들은 이러한 변화가 어떤 모습으로 나타났는지를 보여준다. 노쇠해진 로자 아줌마의 고달픈 현실과 어린 주인공 모모의 시선이 교차하는 서글픈 대목이다.

위 문단에서는 소설 속 공간과 인물을 눈여겨볼 필요가 있다. ‘엘리베이터가 없는 건물’, ‘계단’은 로자 아줌마에게 제한이나 부자유의 공간이지만, 아이들과 공동체에게는 연대의 공간이다.

문장 간의 관계 맺기, 연결과 전개 :

사람들은 글을 쓸 때 '멋진 문장', '울림 있는 표현', '멋진 어휘의 조합'을 먼저 떠올린다. 글쓰기의 트렌드가 문장의 스타일이나 어휘에 집중되어 있기 때문이다. 짧고 강한 문장이 인기 있는 시대가 있었고 반대로 길고 섬세한 문장이 추앙받는 시절도 있었다. 글을 평가할 때도 문단의 논리적 완결성보다는 문장의 스타일에 맞춰져 있었다.

하지만 한 문장이 좋다고 해서 문단이 좋은 것은 아니다. 문장과 문장이 유기적으로 연결되어야 한다. 연결어 없이도 흐름이 이어지고, 주어가 다르더라도 맥락이 끊기지 않는 문장이 좋은 결합이다. 독립된 문장의 집합이 아닌, 관계 맺는 문장들의 조화가 좋은 문단을 만든다. 문장들은 서로를 뒷받침하거나 반박하면서 하나의 흐름을 만들어내고, 그 흐름 속에서 중심 생각이 선명해진다.

앞 문장의 주장에 다음 문장이 예시를 더하거나, 어떤 단어를 반복하며 리듬을 만드는 것도 문단의 유기성을 높이는 방법이다. 이처럼 문장 사이에 논리적·정서적 연결고리가 촘촘할수록 독자는 글의 맥락을 자연스럽게 따라갈 수 있다.

결국 좋은 문단은 혼자 빛나는 문장이 아니라, 서로를 비추는 문장들의 연결로 완성된다. 각 문장은 앞뒤를 의식하며 쓰여야 하는 것도 이런 이유 때문이다. 문장은 서로를 밀고 당기며 문단을 구성한다. 문단은 문장들의 모임이지만, 단순히 이어붙인 것이 아니다. 각 문장은 앞뒤 문장과 의미적으로 연결되어야 하며, 흐름을 자연스럽게 이어가야 한다. 연결어를 적절히 사용하고, 중복 없이 생각을 확장하며, 앞의 문장을 딛고 다음 문장을 세워나가는 것이 중요하다. 문장 간의 관계가 튼튼할수록 문단은 탄탄해진다.

다음 문단을 읽으며 문장들이 어떻게 연결되어 있는지 생각해보자.

> 그러다 마침내 모든 것이 어두워졌다. 하얀 아기 침대와 그 위에서 어른거리던 흐릿한 얼굴들, 그리고 우유의 따스하고 달콤한 향기마저 그의 마음속에서 일시에 사라져버렸다.
>
> – F. 스콧 피츠제럴드, 〈벤저민 버튼에게 일어난 기이한 현상〉

포인트 위 문단은 "마침내 모든 것이 어두워졌다"라는 중심문장에서 시작해 구체적 감각 요소들이 마음에서 사라져버리는 내용으로 이어진다. "어두워졌다"라는 총체적 상태가 '구체적 감각의 소멸'이라는 설명으로 이어지고 있다. '일반 → 구체'의 전개가 자연스럽다.

윗글은 〈벤저민 버튼에게 일어난 기이한 현상〉의 마지막 문단이다. 시간이 거꾸로 흘러 결국 갓난아기가 된 벤저민이 세상의 모든 기억을 잃고 완전한 망각의 상태에 잠기는 장면이다.

사랑은 쉽게 부서지기 마련이라고 그녀는 생각했다. 하지만 부서져 흩어진 파편들은 간직할 수 있는 법이다. 입술 끝에 맴돌던 말들, 차마 다 전하지 못했던 그 말들, 사랑이 새로이 잉태한 고백과 사랑으로부터 배운 달콤한 속삭임들—이 모든 것은 다음번에 찾아올 연인을 위해 소중히 아껴두어야만 한다.

– F. 스콧 피츠제럴드, 〈5월의 첫날〉

포인트 사랑은 깨지기 쉽다는 인식을 "사랑은 쉽게 부서지기 마련이라고 그녀는 생각했다"라는 중심문장에서 말하면서 위 문단은 시작된다. 이어 뒷받침문장에서 "부서져 흩어진 (사랑의) 파편들"이 어떻게 작동하는지 다른 차원에서 보완 설명하고 있다. 즉 인식(사랑은 쉽게 부서진다) → 반전 보완(하지만 부서진 조각을 간직할 수 있다) → 구체화(그 조각들이 무엇인지 제시한다) → 결론(다음 사랑을 위해 소중히 아껴두어야만 한다)으로 자연스럽게 이어진다.
마지막 문장은 시간의 방향을 바꾸며 '지난 사랑'에서 '다음 사랑'으로 의미를 확장한다. 시간의 흐름을 앞뒤로 연결해 전체 문단을 원형처럼 만들어주는 구조다.

나는 고양이다. 이름은 아직 없다.

어디서 태어났는지 도무지 짐작이 가지 않는다. 다만 어두컴컴하고 축축한 곳에서 야옹야옹 울고 있었던 것만큼은 분명히 기억한다. 나는 그곳에서 처음으로 '인간'이라는 족속을 보았다. 나중에 듣자하니 그것은 '서생(書生)'이라 불리는, 인간들 중에서도 가장 영악한 종족이라고 한다.

– 나쓰메 소세키, 《나는 고양이로소이다》

포인트 위 문단은 나쓰메 소세키의 명작 《나는 고양이로소이다》의 유명한 도입부이다. "나는 고양이다. 이름은 아직 없다." 나쓰메 소세키는 이 문장을 하나의 문단으로 사용했다. 이 문장은 문단 전체의 출발점이며 화자의 존재와 정체성을 선언하는 핵심 문장이다. 보통의 문단 쓰기로 한다면, "나는 고양이다. 이름은 아직 없다"가 중심문장이고 '어디서 태어났는지~ 종족이라고 한다'가 뒷받침문장이 된다.

뒷받침문장에서는 고양이의 정체를 하나씩 설명하고 있다. '이름뿐 아니라 출생조차 모르는 존재', '어두컴컴하고 축축한 곳에서 태어난 삶의 첫 순간', '세상에서 첫 번째 관계 설정으로서의 인간', '서생에 대한 평가'로 이어진다.

A는 무엇인가,
A는 어떻게 B한가,
A는 무엇 때문에 그러한가 :

'A는 무엇인가, A는 어떻게 B한가, A는 무엇 때문에 그러한가'는 글쓰기에서 대상을 깊이 있게 탐구하기 위한 기본적인 질문 구조다. 먼저 'A는 무엇인가'는 개념이나 대상의 정의를 묻는다. 이는 글의 출발점으로, 독자에게 화제에 대한 명확한 이해를 제공한다. 다음으로 'A는 어떻게 B한가'는 A가 특정한 방식이나 과정을 통해 어떤 상태나 결과에 이르렀는지를 설명한다. 이는 A의 작동 방식이나 변화 양상을 드러내는 부분이다. 마지막으로 'A는 무엇 때문에 그러한가'는 A가 그렇게 작용하거나 변화한 원인을 탐색한다.

이 세 가지 질문은 단순한 설명을 넘어서 대상의 본질, 작용, 이유까지 살피게 하여 글의 깊이와 설득력을 높인다. 이 구조는 분석적 사고와 체계적인 글의 구성을 도와준다. 어떤 대상의 정보를 전달할 때 유용한 구조다.

다음 문단을 읽으면서 설명의 단계를 익혀보자.

침묵은 단순히 소리가 없는 상태가 아니라, 말로 다 할 수 없는 감정이 가장 팽팽하게 차오른 순간이다. 그 침묵은 소란스러운 논쟁이 끝난 직후의 거실이나, 이별을 예감한 연인의 찻잔 사이에서 무겁고 끈적하게 흐른다. 아무 말도 하지 않지만, 서로의 눈빛과 거친 숨소리만으로 공기 자체가 압도적인 언어가 되어 그 공간을 짓누른다. 이는 진실이 언어라는 불완전한 그릇에 담기기에는 너무나 크고 무겁기 때문이다. 가장 절박한 순간에 우리는 말을 잃는 것이 아니라 말을 넘어선 진심을 침묵으로 웅변하는 것이다.

위 문단을 분석하면 다음과 같다.

A는 무엇인가_ 정의 침묵은 단순히 소리가 없는 상태가 아니라, 말로 다 할 수 없는 감정이 가장 팽팽하게 차오른 순간이다.
A는 어떻게 B한가_ 양상 그 침묵은 소란스러운 논쟁이 끝난 직후의 거실이나, 이별을 예감한 연인의 찻잔 사이에서 무겁고 끈적하게 흐른다. 아무 말도 하지 않지만, 서로의 눈빛과 거친 숨소리만으로 공기 자체가 압도적인 언어가 되어 그 공간을 짓누른다.
A는 무엇 때문에 그러한가_ 원인 이는 진실이 언어라는 불완전한 그릇에 담기기에는 너무나 크고 무겁기 때문이다. 가장 절박한 순간에 우리는 말을 잃는 것이 아니라 말을 넘어선 진심을 침묵으로 웅변하는

것이다.

이 구조를 활용할 때는 첫 문장(정의)에서 독자의 고정관념을 살짝 비틀어주는 것이 독자의 호기심을 자극하기에는 좋다. 예를 들어 '침묵은 소리가 없는 것이다'라고 쓰면 평범하지만, '침묵은 가장 시끄러운 언어다'라고 정의하면 독자는 그 뒤에 이어질 '어떻게'와 '왜'를 궁금해할 것이다.

원인과 결과,
결과와 원인 :

'원인 + 결과' 구조의 문단은 어떤 일이나 현상이 왜 일어났는지를 설명하는 방식이다. 이 문단은 먼저 사건이나 생각의 원인(혹은 계기)을 제시하고, 그로 인해 어떤 변화나 결과가 나타났는지를 서술한다. '결과 + 원인' 구조는 서술 순서가 반대가 된다.

이 구조는 글의 흐름을 자연스럽게 만들어 독자의 이해를 돕는다. 특히 인과관계가 뚜렷한 주제를 다룰 때 효과적이며, 자신의 경험을 설명하거나 사회 현상을 분석할 때 자주 사용된다. '왜?'라는 질문에 '그래서'로 답하는 구조이기 때문에 설득력 있고 명확한 글을 쓰는 데 유용하다.

원인(계기)+결과 : 감정의 변화를 서사적으로 풀 때

구조 : 구체적인 사건/계기 → 그로 인한 심리적·행동적 변화

계기 어느 날 퇴근길 좁은 골목 틈새에서 보도블록을 뚫고 피어난 민들레 한 송이를 보았다. **내면의 변화** 흙 한 줌 없는 척박한 곳에서도 기어이 노란 꽃을 피워낸 그 생명력이 나를 멈춰 세웠다. 그 순간, 나는 내가 겪고 있는 지금의 시련이 불행이 아니라 뿌리를 내리는 과정임을 직감했다. **결과** 그날 이후 나는 나를 괴롭히던 불안을 조금은 더 너그럽게 바라볼 수 있게 되었다.

포인트 '민들레를 보았다'라는 구체적 계기가 어떻게 화자의 태도를 변화시켰는지 순차적으로 보여주고 있다.

> **원인(현상)+결과** : 사회적·논리적 주장을 펼칠 때
>
> **구조** : 객관적인 현상이나 문제 ➜ 그로 인해 파생된 결과

현상 현대 사회는 속도를 미덕으로 여기며 우리에게 끊임없이 '빨리 빨리'를 강요한다. 우리는 무언가를 깊이 음미할 시간을 박탈당한 채 요약된 정보와 1분짜리 숏폼 영상에만 익숙해져버렸다. **결과** 그 결과, 긴 호흡의 글을 읽어내는 문해력은 낮아지고, 타인의 감정을 헤아리는 공감 능력마저 얕아지고 말았다. 속도가 깊이를 앗아간 셈이다.

포인트 '속도 중시 사회'라는 현상을 먼저 짚고, 그로 인해 '문해력과 공감 능력 저하'라는 결과가 왔음을 논리적으로 연결하고 있다.

결과 + 원인 : 결과부터 보여주어 호기심을 유발할 때

구조 : 현재의 상태나 결과 → 왜 그렇게 되었는지에 대한 과거의 계기/원인

결과 나는 더 이상 아침에 일어나자마자 스마트폰을 찾지 않게 되었다. 침대맡에 두던 충전기를 거실로 치워버린 것이 시작이었다. **원인** 지난달, 눈을 뜨자마자 쏟아지는 타인의 SNS 피드에 압도되어 정작 내 하루를 시작할 에너지를 뺏기고 있음을 깨달았기 때문이다. 그 작은 깨달음이 내 아침 풍경을 고요한 독서의 시간으로 바꿔놓았다.

포인트 '스마트폰을 안 본다'는 변화된 결과를 먼저 제시함으로써 '왜?'라는 질문을 갖게 한다. 그 뒤에 'SNS에 대한 피로감'을 원인을 배치하고 있다.

소설의 도입부나 에세이의 첫 문단은 '결과 + 원인'의 구조가 유리할 수 있다. 독자의 호기심을 자극하고 싶거나 변화된 현재를 강조하고 싶을 때 효과적인 구조다.

'원인 + 결과'의 구조는 독자를 차근차근 설득하고 싶거나 사건의 흐름을 자연스럽게 보여주고 싶을 때 활용할 수 있다. 이노우에 야스시의 《둔황》처럼, 어떤 사건이 계기가 되어 주인공의 내면이나 행동이 변하는 과정을 보여줄 때 강력한 힘을 발휘한다.

날이 갈수록 행덕에게는 인간이라는 존재가 한없이 작게만 느껴졌고, 그 생애 또한 덧없는 무의미의 연속으로 다가왔다. 그리하여 인간의 이 무력함과 생의 허무함에 어떠한 의미라도 부여하려 애쓰는 종교라는 존재에 점차 흥미를 갖게 되었다. 행덕이 불전(佛典)에 처음으로 마음을 두게 된 것은, 우연히 숙주성 내의 한 사찰에서 어느 한인 승려가 경내에 모인 군중을 향해 《법화경》을 강설하고 있는 장면을 마주했을 때였다. 행덕은 인파의 맨 뒤편에 서서 그 강설을 경청했다. 승려의 얼굴은 아스라이 멀어 잘 보이지 않았으나, 그의 목소리만큼은 명징하게 들려왔다. 어느덧 승려의 설법은 가락이 실린 노래처럼 일정한 음률을 타고 장내에 낭랑하게 울려 퍼졌다.

– 이노우에 야스시, 《둔황》

포인트 행덕의 내면 변화(인간 존재가 한없이 작고 인생이 무의미함)가 문단 전체의 출발점이자 핵심 내용이다. "날이 갈수록 행덕에게는 인간이라는 존재가 한없이 작게만 느껴졌고, 그 생애 또한 덧없는 무의미의 연속으로 다가왔다"가 문단의 중심문장이며, 이후의 뒷받침문장들은 이러한 내면 상태가 어떻게 종교적 관심으로 이어지고 실제 행동으로 이어졌는지 보여준다. 행덕의 행동이나 인식의 변화는 다음 단계로 전개된다.

'인간 존재에 대한 회의'가 내적 계기라면 '사찰에서 법화경을 강설하던 승려를 목격'한 것을 외적 계기로 볼 수 있다.

필사하며 익히는 장면 속 문단

둔황

태양이 사막의 지평선 너머로 저물고, 야생 들소의 머리 모양을 한 구름이 한동안 저녁노을에 붉은 테두리를 두르고 있더니, 이내 그 형태를 무너뜨리며 색을 바꾸어갔다. 금가루를 뿌려놓은 듯 휘황찬란하던 붉은빛이 차츰 황색을 띤 주황색으로 변했고, 뒤이어 그 색마저 옅어지며 보랏빛이 되었다. 그 보라색을 녹여 삼켜버릴 것 같은 땅거미가 내려앉기 시작할 무렵, 행덕은 부대 본부에서 나와 낙타에 올라탔다. 다음 날 아침 위지광과 약속한 장소로 가기 위해, 행덕은 광장 한복판을 가로질러 낙타를 몰았다. 어스름한 어둠 속에서는 사람과 짐승들이 꿈틀대고 있었다. 짐을 싣는 작업은 이미 시작된 상태였다. 가까이 다가가 보니 수많은 사람이 분주하게 낙타 주변에서 일하고 있었고, 때때로 위지광의 낮게 울리는 고함이 사방으로 들려왔다.

이노우에 야스시 지음

마음

개와 아이가 시야에서 사라지자, 연둣빛 어린잎들로 가득 찼던 드넓은 수목원에는 다시금 본래의 정적이 가라앉았다. 우리는 서로 아무 말도 하지 않은 채, 한동안 그 고요 속에 몸을 맡겼다. 그러는 사이 고왔던 하늘빛은 서서히 빛이 바래며 탁해졌다. 눈앞의 나무들은 대부분 단풍나무였는데, 가지마다 이슬처럼 맺혀 있던 연둣빛 어린잎들도 조금씩 어둠에 잠겨가는 듯 보였다. 그때 저 멀리 길가에서 짐수레를 끄는 덜컹거리는 소리가 들려왔다. 나는 마을 남자가 정원수 같은 것을 싣고, 저녁 공양을 위해 사원이나 신당으로 향하는 길이라 멋대로 상상해보았다. 선생님은 그 소리를 듣더니, 마치 깊은 명상에서 문득 깨어난 사람처럼 자리에서 일어났다.

나쓰메 소세키 지음

마음

나는 검은 상복용 천을 사기 위해 읍내로 향했다. 그 천으로 깃대를 감싸고, 끝부분에는 9센티미터 남짓한 폭의 검은 리본을 매달아 대문 옆 길가 쪽을 향해 비스듬히 내걸었다. 국기와 검은 리본은 미풍조차 없는 공기 속에 힘없이 늘어져 있었다. 우리 집의 낡은 지붕은 짚으로 이어져 있었다. 비바람에 씻긴 그 짚들은 심하게 변색되어 꾀죄죄한 잿빛으로 보였고, 여기저기 움푹 패거나 튀어나와 있어 보기 흉할 정도였다. 나는 홀로 대문 밖으로 나가 검은 리본과 흰 모슬린 깃발, 그리고 그 하얀 정중앙에 그려진 붉은 원을 가만히 응시했다. 퇴락한 지붕의 짚더미를 배경으로, 그 위에서 국기가 선명하게 도드라져 보이는 풍경을 한참 동안 바라보았다.

나쓰메 소세키 지음

자기 앞의 생

지하실은 몇 칸으로 나뉘어 있었고, 그중 열린 문 하나 사이로 로자 아줌마의 뒷모습이 보였다. 새어 나오는 불빛을 따라 조심스레 안을 들여다보았다. 방 한가운데는 다리가 부서져 푹 꺼진 낡은 안락의자가 놓여 있었고, 아줌마는 마치 그 폐허의 일부처럼 앉아 있었다. 벽면의 돌들은 마치 뿌리가 드러난 이빨처럼 툭 튀어나와 기괴하게 웃고 있는 것만 같았다. 옷장 위 유대식 촛대에는 촛불 한 자루가 위태롭게 타오르고 있었다. 무엇보다 놀라운 건 당장 내다버려야 할 것 같은 낡은 침대 위에 매트리스와 이불, 베개까지 정갈하게 갖춰져 있었다는 사실이다. 그곳은 그녀만의 가장 낮고도 거룩한 동굴이었다.

에밀 아자르 지음

나는 고양이로소이다

그에 비하면 고양이는 참으로 간편한 존재다. 먹고 싶으면 먹고, 자고 싶으면 자고, 화가 날 때는 온 힘을 다해 화를 내며, 울 때는 죽을 듯이 운다. 무엇보다 일기 같은 쓸데없는 물건은 결코 남기지 않는다. 그럴 필요가 없기 때문이다. 주인처럼 겉과 속이 다른 인간은 일기라도 써서, 세상에 드러낼 수 없는 자신의 진면목을 어두운 방 안에서나마 발휘할 필요가 있을지 모르겠다. 하지만 우리 고양이족은 걷고 머물고 앉고 눕는 일상부터 가래를 뱉고 오줌을 누는 자잘한 일까지 모두가 진정한 일기다. 그러니 굳이 번거롭게 공을 들여 자신의 본모습을 보존할 이유가 없다. 일기 쓸 시간이 있다면 툇마루에서 낮잠이나 자는 게 상책이다.

나쓰메 소세키 지음

나는 고양이로소이다

"항복 안 할까?"

"안 해, 안 해."

"안 되겠다, 안 되겠어."

"안 나오는데."

"두 손 들고 나오지 않을까?"

"안 나올 리가 없지."

"짖어봐."

"멍멍."

"멍멍."

"멍멍멍멍."

그다음에는 일렬종대로 늘어선 전원이 함성을 질렀다.

나쓰메 소세키 지음

나는 고양이로소이다

하나코는 우선 첫인사를 마치고는 집 안을 둘러보며 말했다.

"집이 참 좋네요."

주인은 속으로 '거짓말 마'라고 말하며 뻐끔뻐끔 담배를 피워댔다.

메이테이 선생은 천장을 올려다보며 넌지시 주인을 재촉했다.

"여보게, 저건 비가 샌 얼룩인가, 아니면 널빤지의 나뭇결인가? 참 묘한 무늬로군."

"물론 비가 샌 걸세."

주인이 대답했다.

"근사한데."

메이테이 선생이 시치미를 떼고 대답했다.

하나코는 이들 두 사내가 영 사교를 모르는 사람들이라고 속으로 분개했다. 잠시 세 사람은 마주 앉은 채 말이 없었다.

"드릴 말씀이 좀 있어서 찾아뵈었습니다만."

하나코가 다시 말문을 열었다.

"네에."

나쓰메 소세키 지음

벤저민 버튼에게 일어난 기이한 현상

그는 아무것도 기억하지 못했다. 어제 마신 우유가 따스했는지 차가웠는지도, 지나온 나날들이 어떠한 모습이었는지도 그에겐 남아 있지 않았다. 그저 기억하지 못할 뿐이었다. 그의 세상에는 이제 요람과 보모 나나의 친숙한 얼굴만이 존재했다. 그에게 기억이란 이미 사라져버린 것이었다. 배가 고프면 울음을 터뜨렸고, 그것이 그가 할 수 있는 전부였다. 낮과 밤이 흐르는 동안 그는 숨을 쉬었다. 그의 머리 위로 부드러운 중얼거림과 속삭임이 아주 희미한 소리가 되어 들려왔고, 그 너머로 어렴풋한 냄새와 빛, 그리고 어둠만이 감돌고 있을 뿐이었다.

F. 스콧 피츠제럴드 지음

위대한 개츠비

내가 둥지를 튼 웨스트에그는 이스트에그에 비하면 확실히 덜 화려한 동네였다. 물론 이 정도 수식어만으로는 두 지역 사이에 흐르는 기이하고도 못내 불길한 격차를 온전히 표현하기란 불가능하다. 지나치게 피상적인 꼬리표일 뿐이니까. 나의 집은 그 '달걀' 모양 지형의 가장 끝자락에 자리 잡고 있었는데, 해협과는 고작 50야드 거리였다. 또한 한 철 빌리는 데만 1만 2천에서 1만 5천 달러는 족히 지불해야 하는 거대한 두 저택 사이에 가련하게 끼어 있는 형국이었다. 그중 오른쪽에 자리한 집은 어느 모로 보나 실로 엄청난 대저택이었다. 노르망디의 어느 시청 건물을 그대로 본뜬 듯한 그곳에는, 한쪽에 가느다란 수염처럼 야생 담쟁이덩굴이 갓 돋아난 신축 탑이 솟아 있었고, 대리석 수영장과 40에이커가 넘는 광활한 잔디밭과 정원이 딸려 있었다. 바로 개츠비의 저택이었다. 아니, 그때는 개츠비라는 인물을 몰랐을 때이니, 그저 그런 이름의 어떤 신사가 살고 있는 저택이라 부르는 게 맞을 것이다.

F. 스콧 피츠제럴드 지음

흰 바퀴벌레 이야기

가죽을 끌어올려 얼굴을 가립니다. 썩어가는 생가죽과 온갖 화공약품들의 냄새가 뒤섞여 있습니다. 그리고 익숙한 당신의 냄새가 있습니다. 가죽 안에 살이 채워지고 핏줄이 온몸 구석구석 이어지고 살갗 아래로 피돌기가 살아나 가죽만 남긴 짐승이 온전한 한 생명으로 돌아오는 것을 상상해봅니다. 당신이 살아나 나를 껴안고 있는 듯 따뜻합니다. 어둠도 이렇게 따뜻하고 아늑하군요.

강진 지음

자기 앞의 생

불행히도 로자 아줌마에겐 많은 변화가 들이닥쳤다. 너무 오래 산 사람들에게 늘 그렇듯, 자연의 법칙은 그녀의 다리와 심장, 간과 동맥 등 몸속 구석구석을 가리지 않고 공격해왔다. 건물에 엘리베이터가 없었기에 아줌마는 종종 계단 참 사이에 낀 채 꼼짝도 못 하곤 했다. 그럴 때면 우리 모두는, 심지어 바나니아까지 합세해 내려가 그녀를 위로 밀어 올렸다. 바나니아 역시 이제 막 삶에 눈을 뜨기 시작한 참이라, 자기 몫의 고기 접시를 빼앗겨서는 안 된다는 것쯤은 이미 느끼고 있었다.

벤저민 버튼에게 일어난 기이한 현상

그러다 마침내 모든 것이 어두워졌고, 하얀 아기 침대와 그 위에서 어른거리던 흐릿한 얼굴들, 그리고 우유의 따스하고 달콤한 향기마저 그의 마음속에서 일시에 사라져버렸다.

F. 스콧 피츠제럴드 지음

5월의 첫날

사랑은 쉽게 부서지기 마련이라고 그녀는 생각했다. 하지만 부서져 흩어진 파편들은 간직할 수 있는 법이다. 입술 끝에 맴돌던 말들, 차마 다 전하지 못했던 그 말들, 사랑이 새로이 잉태한 고백과 사랑으로부터 배운 달콤한 속삭임들—이 모든 것은 다음번에 찾아올 연인을 위해 소중히 아껴두어야만 한다.

F. 스콧 피츠제럴드 지음

나는 고양이로소이다

나는 고양이다. 이름은 아직 없다.

어디서 태어났는지 도무지 짐작이 가지 않는다. 다만 어두컴컴하고 축축한 곳에서 야옹야옹 울고 있었던 것만큼은 분명히 기억한다. 나는 그곳에서 처음으로 '인간'이라는 족속을 보았다. 나중에 듣자하니 그것은 '서생(書生)'이라 불리는, 인간들 중에서도 가장 영악한 종족이라고 한다.

나쓰메 소세키 지음

둔황

날이 갈수록 행덕에게는 인간이라는 존재가 한없이 작게만 느껴졌고, 그 생애 또한 덧없는 무의미의 연속으로 다가왔다. 그리하여 인간의 이 무력함과 생의 허무함에 어떠한 의미라도 부여하려 애쓰는 종교라는 존재에 점차 흥미를 갖게 되었다. 행덕이 불전(佛典)에 처음으로 마음을 두게 된 것은, 우연히 숙주성 내의 한 사찰에서 어느 한인 승려가 경내에 모인 군중을 향해 《법화경》을 강설하고 있는 장면을 마주했을 때였다. 행덕은 인파의 맨 뒤편에 서서 그 강설을 경청했다. 승려의 얼굴은 아스라이 멀어 잘 보이지 않았으나, 그의 목소리만큼은 명징하게 들려왔다. 어느덧 승려의 설법은 가락이 실린 노래처럼 일정한 음률을 타고 장내에 낭랑하게 울려 퍼졌다.

이노우에 야스시 지음

4장

나만의 문단을 만드는 연습

문단 쓰기의 출발점, 필사에서 창작으로 :

모든 창작은 흉내 내기에서 시작된다. 우리가 말을 배울 때도 그랬다. 누군가의 말을 따라하고, 억양을 흉내 내고, 단어의 조합을 익히는 시간이 지나야 비로소 '나의 말'을 할 수 있게 된다. 글쓰기 역시 마찬가지다. 처음부터 자기만의 좋은 문장을 쓸 수 있는 사람은 없다. 글쓰기에는 손의 리듬, 문장의 호흡, 생각의 길이, 문단의 구성이 모두 필요하다. 이 복잡한 요소를 온전히 체득하는 가장 효과적인 방법이 바로 '좋은 문장을 필사하는 일'이다.

특히 오랫동안 독자들에게 사랑받은 문학의 문장은 단어의 선택, 문장의 구조, 문단의 짜임새가 매우 정교하다. 그 정교함을 체득하는 길은 읽고 따라 쓰는 것이다. 필사는 단순히 따라 쓰는 것을 넘어서 문단 감각을 기르는 데 탁월하다.

필사는 좋은 문장을 내 안에 새기는 과정이다. 하지만 거기서 멈추지 않고 이제는 내 문장을 써야 한다. 이 단락에서는 필사한 문장을 해체하고 재조립하는 연습을 통해 창작의 씨앗을 틔워보려고 한다. 문장의 구조, 리듬, 어휘의 선택을 분석하면서 나만의 문체로 옮겨가는 과정이 창작의 시작이다. 필사는 끝이 아니라 문장 쓰기의 출발점이다. 그리고 그 다음 단계는 '나의 문장으로 옮기는 것'이다. 익숙해진 문체를 흉내 내는 데서 멈추지 말고, 왜 그렇게 썼는지를 분석하고 나만의 표현으로 다시 써보자. 문단 하나를 고쳐 쓰며 내 언어를 발굴하는 훈련, 이것이 창작의 시작이다. 필사는 창작으로 가는 징검다리다.

이 과정은 우리가 단순한 지식의 수용자에서 지식의 생산자로 나아가는 방법이다. 작가의 위대한 문장들이 나의 필터를 거쳐 나의 언어로 바뀌는 순간이다.

문장의 해체와 재조립

문장 구조 바꾸기

같은 내용을 다른 그릇에 담아보는 연습이다. 핵심 의미는 유지하되 문장의 구조를 적극적으로 바꿔보자. 이를 통해 글쓴이는 자신에게 가장 잘 맞는 문체의 리듬과 호흡을 찾을 수 있다.

① 호흡의 변형

문장을 길게 이어 쓰느냐, 짧게 끊어서 쓰느냐에 따라 글의 속도감과 긴장감이 완전히 달라진다. 긴 호흡의 만연체 문단을 짧은 호흡의 간결체로 바꾸면 어떻게 달라지는지 다음 문단을 읽으며 살펴보자.

만연체 그녀는 창문을 열어 눅눅한 공기를 환기하려 했지만, 며칠째 계속된 장마로 인해 오히려 물기를 머금은 바람만이 방 안으로 들이닥쳐 커튼을 무겁게 적셨다.

→ 간결체 그녀는 창문을 열었다. 눅눅한 공기를 내보내고 싶었다. 하지만 소용없었다. 며칠째 장마가 이어지고 있었다. 방 안으로 들이닥친 바람은 물기를 잔뜩 머금고 있었다. 그 바람에 커튼이 무겁게 젖어 들었다.

포인트 만연체는 인과관계가 한 문장에 담겨 있어 유기적으로 연결된 느낌을 준다. 반면 간결체의 문단은 행동(창문을 엶)과 결과(젖음)가 툭툭 끊어져 답답하고 건조한 심리 상태를 더 강조해준다.

② 주어와 시선의 이동

'누가' 행동하는가보다 '무엇이' 어떻게 되었는가를 강조하고 싶을 때 주어를 바꿀 수 있다. 또 내가 관찰하는 시선에서 대상이 나를 압도하는 시선으로도 바꿀 수 있다.

인물이 주어인 다음 문단을 사물(상황)이 주어가 되는 문단으로 바꾸면 어떻게 되는지 살펴보자.

인물 주어 나는 낡은 서랍 속에서 우연히 아버지의 젊은 시절 사진을 발견했다. 사진 속 아버지는 지금의 나보다 훨씬 앳된 얼굴로 어색하게 웃고 있었는데, 그 모습이 묘하게 낯설면서도 가슴을 아릿하게 만들었다.

└→ 사물/상황 주어 낡은 서랍 깊은 곳에서 사진 한 장이 툭 떨어졌다. 아버지의 젊은 날이었다. 사진 속의 그는 지금의 나보다 앳된 얼굴로 어색한 미소를 짓고 있었다. 그 낯선 미소가 내 가슴을 묘하게 찔러왔다.

포인트 원본은 사진을 보는 나의 행위에 초점이 맞춰져 있지만, 변형된 문단은 사진이 스스로 나타나 나에게 말을 거는 듯한 느낌을 준다. 주어를 바꾸면 문단의 분위기가 달라진다는 걸 알 수 있다.

② 정보의 순서 재배치

시간의 흐름대로 쓸 것인가 아니면 결과를 먼저 보여주고 이유를 설명할 것인가에 따라 강조하는 것이 달라진다. 다음 문단은 시간 순서대로 쓴 문장을 결과 또는 상황을 보여준 후 이유를 알려주는 문장으로 바꿔본 것이다.

순차적 전개 갑작스럽게 소나기가 쏟아졌다. 우산이 없던 남자는 처마 밑으로 급히 몸을 피했다. 빗줄기는 점점 굵어졌고, 그는 약속 시간에 늦을까 봐 초조하게 시계를 들여다보았다.

└→ 역전된 전개 남자는 초조하게 손목시계를 들여다보았다. 처마 밑 좁은 공간에 갇힌 신세였다. 굵어지는 빗줄기가 야속했다. 갑작스럽게 쏟아진 소나기 탓에 우산이 없는 그는 꼼짝없이 약속 시간에 늦게 생겼다.

포인트 원본은 사건의 발생 순서대로 서술하여 현장감을 준다. 하지만 인과 관계를 뒤바꾼 문단은 '남자의 초조함'이라는 심리를 먼저 보여준 뒤 그 이유(비)를 설명하여 인물의 감정에 더 집중하게 만든다.

내가 쓴 문장이 마음에 들지 않는다면 내용은 바꾸지 말고 순서만 바꿔보자. 주어를 바꿔보고, 문장의 길이를 임의로 나눠보고……. 그것만으로도 그 문장은 글쓴이의 것이 된다. 이것이 창작으로 가는 쉬운 방법 중 하나다.

시점 바꾸기

문단을 필사하면서 시점을 바꿔보는 이유는 단순히 주어인 '나'를 '그'로, 혹은 '그녀'를 '나'로 바꾸는 문법적인 놀이를 하기 위한 것이 아니다. 어떤 위치에서 이야기를 서술하느냐는 글쓴이가 독자에게 무엇을 보여주고 무엇을 보여주지 말지, 혹은 어떻게 보여줄지까지가 포함되어 있다.

소설을 쓴다는 것은 독자에게 '어디서 볼 것인가'를 정해주는 일이다. 나도 소설을 쓸 때 시점에 대한 고민을 많이 한다. 그리고 다양한 시점으로 시도해본다. 하루는 1인칭으로 시작해보고 그다음 날엔 3인칭으로 해보기도 한다. 그중 나의 의도를 잘 반영할 수 있는 시점을 택해서 소설을 써나간다. 하지만 이걸로 시점 고민이 끝난 건 아니다. 단편소설의 경우에는 소설을 다 쓴 후 퇴고 과정에서 시점을 바꿔 써서 비교하기도 한다. 그러고 나서야 최종 원고를 결정한다. 언젠가 소설가들과 만나 수다를 떨 때 시점 이야기가 나왔는데 나만 그렇게 이런저런 시도를 해보는 게 아니었다. 소설에서 시점이 중요하기에 당연한 일인지도 모른다.

예를 들어, 1인칭 시점(나)은 독자를 인물 내면 깊숙이 끌어들인다. '나'의 눈으로만 세상을 보기에 독자는 주인공 바로 옆에서 느끼듯 생생한 감정을 체험한다. 하지만 '나'의 등 뒤에서 벌어지는 일은 알 수 없다. 시야는 좁아지고 감정은 깊어진다.

3인칭 시점(그/그녀)에서는 독자와 인물 사이에 일정한 거리가 있다. 독자는 인물의 행동을 관찰하고 때로는 주인공이 모르는 상황까지 파악할 수 있다. 감정은 차분하게 정돈되고, 풍경은 더 넓게 보인다. (3인칭을 작가관찰자 시점이나 전지적 작가 시점으로 나누는데 이에 대한 설명은 생략하겠다.)

작가가 카메라를 들고 피사체(인물)의 코앞까지 다가갈 것인지, 아니면 멀리 떨어져서 풍경 전체를 조망할 것인지 결정하는 것, 이것도 넓은 의미의 시점이라고 볼 수 있다.

필사에서 시점을 바꿔 다시 써보는 것은 문단의 재구성을 넘어 관점의 이동을 연습하는 과정이다. 다음 문단으로 시점을 바꿔 써보는 연습을 해보자.

① 3인칭을 1인칭으로

그는 아무것도 기억하지 못했다. 어제 마신 우유가 따스했는지 차가웠는지도, 지나온 나날들이 어떠한 모습이었는지도 그에겐 남아 있지 않았다. 그저 기억하지 못할 뿐이었다. 세상에는 이제 아기 침대와 보모 나나의 친숙한 얼굴만이 존재했다. 그에게 기억이란 이미 사라져버린 것이었다. 배가 고프면 울음을 터뜨렸고, 그것이 그가 할 수 있는 전부였다. 낮과 밤이 흐르는 동안 그는 숨을 쉬었다. 그의 머리 위로 부드러운 중얼거림과 속삭임이 아주 희미한 소리가 되어 들려왔고, 그 너머로 어렴풋한 냄새와 빛, 그리고 어둠만이 감돌고 있을 뿐이었다. 그러다 마침내 모든 것이 어두워졌다. 하얀 아기 침대와 그 위에서 어른거리던 흐릿한 얼굴들, 그리고 우유의 따스하고 달콤한 향기마저 그의 마음속에서 일시에 사라져버렸다.

– F. 스콧 피츠제럴드, 〈벤저민 버튼에게 일어난 기이한 현상〉

└→ 1인칭으로 바꾼 문단

나는 아무것도 기억하지 못했다. 어제 마신 우유가 따스했는지 차가웠는지도, 혹은 지나온 하루하루가 어떠했는지조차 내 기억에 남아 있지 않았다. 그저 망각뿐이었다. 이제 나의 곁에는 오직 아기 침대와 보모 나나의 친숙한 얼굴만 있을 뿐이었다. 나에게 기억이라는 것은 이미 존재하지 않는 것이다. 배가 고프면 울음을 터뜨렸고, 이것이 내가 할 수 있는 전부였다. 낮과 밤이 흐르는 동안 나는 숨을 쉬었다. 그럴 때면 내 머리 위로 부드러운 중얼거림과 속삭임이 아주 희미하게 들려왔고, 거의 알아볼 수 없는 냄새와 빛, 그리고 어둠만이 내 주변에 감돌고 있을 뿐이었다. 그러다 마침내 모든 것이 어두워졌다. 하얀 아기 침대와 그 위에서 어른거리던 흐릿한 얼굴들, 그리고 우유의 따스하고 달콤한 향기마저 나의 마음속에서 일시에 사라져버렸다.

포인트 3인칭은 독자가 주인공을 조금 떨어진 거리에서 지켜보게 한다. 반면 1인칭 시점은 인물의 주관적 해석이 덧입혀진다. 글 속에서 주인공은 기억을 잃어가는 상태다. 1인칭으로 바꾸면 독자 또한 주인공만큼이나 혼란스러운 상태에 놓이게 된다.

② 1인칭을 3인칭으로

열 평 남짓한 땅에는 작약이 빈틈없이 심겨 있었으나, 제철이 아닌 탓에 아직 단 한 송이의 꽃도 피워내지 못하고 있었다. 이 작약 밭 옆에 놓인 낡은 평상 같은 곳에 선생님은 대자로 누웠다. 나는 그 한쪽 끝에 걸터앉아 담배를 피웠다. 선생님은 시리도록 파랗고 투명한 하늘을 올려다보고 있었다. 나는 나를 포근히 감싸안는 연둣빛 어린잎들에 마음을 온통 빼앗겼다. 그 어린 잎사귀들을 하나하나 가만히 뜯어 보니 저마다의 색감이 모두 달랐다. 같은 단풍나무 가지에 매달려 있을지언정 색이 같은 잎은 단 하나도 없었다. 그때 가느다란 삼나무 묘목 끝에 걸려 있던 선생님의 모자가 바람을 이기지 못하고 툭, 땅으로 떨어졌다.

– 나쓰메 소세키, 《마음》

↳ 3인칭으로 바꾼 문단

열 평 남짓한 땅에는 작약이 빈틈없이 심겨 있었으나, 제철이 아닌 탓에 아직 단 한 송이의 꽃도 피워내지 못하고 있었다. 이 작약 밭 옆에 놓인 낡은 평상 같은 곳에 선생님은 대자로 누웠다. K는 그 한쪽 끝에 걸터앉아 담배를 피웠다. 선생님은 시리도록 파랗고 투명한 하늘을 올려다보고 있었다. K는 그를 포근히 감싸안는 연둣빛 어린잎들에 마음을 온통 빼앗겼다. 그 어린 잎사귀들을 하나하나 가만히 뜯어 보니 저마다의 색감이 모두 달랐다. 같은 단풍나무 가지에 매달려 있을지언정 색이 같은 잎은 단 하나도 없었다. 그때 가느다란 삼나무 묘목 끝에 걸려 있던 선생님의 모자가 바람을 이기지 못하고 툭, 땅으로 떨어졌다.

포인트 3인칭 시점을 1인칭 시점으로 바꾸려면 소설 속 관찰자 '나'를 3인칭으로 바꿔야 한다. 여기서는 '나'를 임의로 'K'로 바꿨다. '그'라고 하는 것보다 특정한 인물로 관찰자를 설정하는 게 나을 것 같아서 'K'라는 인물을 관찰자로 상정하고 수정했다.

다음은 나쓰메 소세키의 《마음》에 실린 〈선생님과 나〉의 한 문단이다. 선생님과 주인공이 수목원의 고요 속에서 각자의 사색에 잠겨 있는 찰나를 보여주는 내용이다.

나는 내 과거의 선(善)과 악(惡) 모두를, 타인들이 삶의 이정표로 삼을 수 있도록 내놓을 생각이라네. 하나, 내 아내만큼은 단 한 사람의 예외로 남겨두게나. 나는 그녀에게 그 무엇도 알리고 싶지 않네. 아내가 나에 대해 간직한 기억을 가급적이면 때 묻지 않은 순백의 상태로 지켜주는 것만이 나의 유일한 염원이라네. 그러니 내가 세상을 떠난 뒤에도 아내가 살아 있는 한, 자네에게만 털어놓은 이 비밀은 부디 모든 것을 가슴 깊이 묻어주게.

– 나쓰메 소세키, 《마음》

└→ 3인칭으로 바꾼 문단

그는 사람들이 삶의 이정표로 삼을 수 있도록 과거의 선과 악 모두를 제공할 생각이었다. 하지만 단 한 사람, 아내만은 예외로 하고 싶었다. 그는 아내에게는 아무것도 알리고 싶지 않았다. 아내가 그의 과거의 기억을 되도록 순백의 상태로 간직하게 해주고 싶은 것이 그의 유일한 바람이었으니 그가 죽은 뒤에도 아내가 살아 있는 이상 S군에게만 털어놓은 비밀은 S군의 가슴에만 묻어두길 바랐다.

포인트 자연스럽게 의미를 전달할 수 있게 1인칭 시점을 3인칭으로 바꿔보았다. 나쓰메 소세키의 《마음》은 내밀한 감정을 드러내기에 1인칭이 가장 적합했기 때문에 1인칭 시점을 선택했을 것이다. 따라서 3인칭으로 시점을 바꾸면 소설에서 작가의 의도를 극대화하기 어렵다는 한계가 생긴다.

문장에 나의 사유 덧붙이기

좋은 문장을 필사한 후 혹은 필사하는 동안 문장 아래 여백에 글쓴이의 문장에 대해 나의 사유를 덧붙여 적어보자. 공감되거나 다르게 생각되는 부분이 있는지, 개인적 경험을 떠오르게 하는지, 나의 일상에 어떻게 적용이 될지 등을 생각하며 적는 습관을 하면 나의 글을 창작하는 데 도움이 된다.

공감 또는 반론하기

글에 깊이 공감한다면 그 이유는 무엇인가? 글쓴이의 주장에서 다르게 생각하는 부분이 있는가? 이런 질문을 하며 다음 문단을 읽고 나의 생각을 노트에 간략히 써보자.

> 예전에 그 사람 앞에서 무릎을 꿇었다는 기억이 이번에는 그 사람 머리 위에 발을 올리게 하는 거라네. 나는 미래의 모욕을 받지 않기 위해 지금의 존경을 물리치고 싶은 거지. 난 지금보다 한층 외로울 미래의 나를 견디는 대신에 외로운 지금의 나를 견디고 싶은 거야. 자유와 독립과 자기 자신으로 충만한 현대에 태어난 우리는 그 대가로 모두의 이 외로움을 맛봐야 하는 거겠지.
>
> – 나쓰메 소세키, 《마음》

포인트 윗글은 현대인의 고독을 정의하는 고전적인 명구다. '관계의 거리두기'에 대해 '공감하기' 또는 '반론하기'로 현대인의 심리보고서 같은 에세이를 써볼 수 있다.

개인적 경험과 연결하기

이 문장(장면)은 나의 어떤 경험을 떠오르게 하는가? 다음 문단을 읽고 그 경험을 구체적인 에피소드로 노트에 한두 문단을 써보자.

지하실은 몇 칸으로 나뉘어 있었고, 그중 열린 문 하나 사이로 로자 아줌마의 뒷모습이 보였다. 새어 나오는 불빛을 따라 조심스레 안을 들여다보았다. 방 한가운데는 다리가 부서져 푹 꺼진 낡은 안락의자가 놓여 있었고, 아줌마는 마치 그 폐허의 일부처럼 앉아 있었다. 벽면의 돌들은 마치 뿌리가 드러난 이빨처럼 툭 튀어나와 기괴하게 웃고 있는 것만 같았다. 옷장 위 유대식 촛대에는 촛불 한 자루가 위태롭게 타오르고 있었다. 무엇보다 놀라운 건 당장 내다 버려야 할 것 같은 낡은 침대 위에 매트리스와 이불, 베개까지 정갈하게 갖춰져 있었다는 사실이다. 그곳은 그녀만의 가장 낮고도 거룩한 동굴이었다.

– 에밀 아자르, 《자기 앞의 생》

포인트 공간만큼 인간을 제약하는 것도 없다. 특정한 공간에서 느낀 감정(기쁨, 기시감, 공포 등)을 공간의 특징과 함께 써볼 수 있다.

일상에 적용하고 확장하기

글쓴이가 알려주는 지식을 내가 일하고 있는 분야나 나의 일상에 어떻게 적용할 수 있을까? 다음 예시문을 읽으며 일상에 적용하고 확장할 수 있는 질문을 하고 그 생각을 노트에 써보자.

예시문 몰입은 단순히 주어진 시간에 집중하는 행위가 아니라 시간의 밀도를 높이는 기술이다. 흩어지는 에너지를 한 점으로 모아 순간적인 생산성을 극대화하는 경험, 그것은 마치 시간을 압축하여 더 많은 성과를 창출하는 지적 연금술과 같다. 현대인은 시간 부족을 호소하지만 실상은 집중력 부족이다.

질문

- 일상에서 '시간의 밀도'가 가장 낮았던 순간(혹은 활동)은 무엇이었나? 그리고 그 이유는 무엇인가?
- 지적 연금술(몰입)을 나의 업무나 학습에 적용하기 위해 내가 당장 포기해야 할 '디지털 습관' 과 '시간 관리 습관'은 무엇인가?

└→ 질문에 대한 나의 사유

요즘 '시간의 밀도'가 가장 낮았던 순간은 출퇴근길에 습관적으로 쇼핑 앱을 열어보는 30분이다. 단순히 시간을 흘려보내는 것이 아니라 그 행위가 하루 종일 뇌의 주의력을 파편화시키는 시발점이 된다. 내일부터 '알람 끄기' 외에 다음 두 가지를 포기해야겠다. 첫째, 자기 전 30분 SNS 확인은 수면의 질까지 떨어뜨리니 바로 없앤다. 둘째, 업무 시작 후 첫 90분 동안은 이메일이나 메신저를 확인하지 않는 습관을 들여 가장 중요한 핵심 업무에 몰입하는 시간을 확보하겠다. 시간을 늘릴 수는 없지만 나의 집중력을 통해 시간을 압축할 수는 있을 것이다.

포인트 질문은 답을 구하는 행위를 넘어 사유를 이끌어낸다. 질문을 던지는 순간 당연함이 파괴되고, 새로운 정보를 연결하고, 경험과 가치관을 통과시켜 결론에 이르게 한다.
'시간의 밀도'에 대한 질문이 생기자 단순히 시간을 흘려보내는 것에 대한 반성과 동시에 몰입하는 시간의 확보라는 성찰로 이어졌다.

예시문 예술은 우리에게 익숙한 것을 낯설게 보는 시선을 제공한다. 일상적인 사물을 작가의 고유한 틀에 넣어 재해석할 때 우리는 비로소 그 사물의 존재 의미와 아름다움을 재발견하게 된다. 결국 예술은 창작자만의 특별한 행위가 아니라 우리 모두가 세상을 바라보는 인식의 틀을 확장하고 삶의 경계를 허무는 사유의 도구인 것이다.

질문

‥ 일상생활이나 직업 분야에서 '너무 익숙해서 놓치고 있는 사물이나 현상(매일 쓰는 도구, 습관적인 회의 방식, 늘 같은 출퇴근 풍경 등)'은 무엇인가?

‥ 이것을 '낯설게 보기' 위해 내가 해볼 수 있는 작은 '인식 실험(관점을 바꾸거나, 순서를 바꾸거나, 기능을 역전시키는 등)'은 무엇인가?

└→ 질문에 대한 나의 사유

내가 가장 익숙해서 놓치고 있는 현상은 바로 '팀 회의 방식'이다. 우리는 늘 '문제점 ➜ 해결책' 순서로 회의를 진행한다. 너무 익숙해서 모두가 비효율적이라는 걸 알면서도 바꾸지 못한다. '낯설게 보기' 실험으로 다음 주 회의에서는 순서를 완전히 역전시켜보겠다. 처음 15분은 '만약 우리가 이 문제를 1년 전에 해결했다면 무엇이 달라졌을까?'라는 질문으로 시작해 성공의 결과를 먼저 생생하게 묘사하는 데 집중한다. 그리고 그다음 '문제점'을 논의한다. 이 인식 실험을 통해 비판보다는 긍정적인 해결책에 먼저 초점을 맞추는 사유의 도구를 사용해 보고 회의의 경계를 허물어 더 창의적인 결과를 도출해보겠다.

포인트 우리는 익숙한 것을 볼 때는 뇌를 거의 쓰지 않는다. 따라서 가끔은 의도적으로 낯설게 보는 연습이 필요하다. 낯설게 하기는 무뎌진 감각을 일깨워준다.

작가의 문장을 내 문장으로 바꾸기 :

좋은 문장은 때때로 낯설다. 낯선 문장을 접했을 때 처음엔 감탄하고 멈춘다. 그 낯선 문장을 내 식으로 다시 써보는 훈련이 나만의 문단을 만드는 중요한 연습이다. 이 단락에서는 어휘를 바꾸고, 시점을 전환하고, 장소나 상황을 변형하는 연습을 본격적으로 해볼 것이다. 원문의 구조를 유지하되 내용을 바꾸거나, 반대로 내용을 유지하면서 표현 방식을 바꾸는 식이다. 이 과정을 통해 필사 원문을 응용할 능력을 키울 수 있다.

이제는 한 걸음 더 나아가보자. 그 문장이 어떤 구조로 쓰였는지, 어떤 리듬으로 감정을 전달했는지 해체해보는 연습을 하자. 그리고 그 방식으로 나의 글을 써보자. 원작의 장면이 아니라 내 삶의 장면으로, 구조는 빌리되 내용은 바꾸는 방식이다. 문장은 빌릴 수 없지만 문체는 재창조할 수 있다.

어휘 바꾸기

어휘 바꿔기는 단순히 비슷한 말로 갈아 끼우는 작업이 아니다. 문장에 새로운 호흡을 불어넣고, 글을 정밀하게 조절하는 설계 과정이다. 추상어에서 구체어(이미지화)로, 일반어에서 특수어(전문성, 현장감)로, 상투어에서 낯선 비유(신선함)로의 효과를 기대할 수 있다. 예를 들어 한자어를 우리말로, 우리말을 한자어로 바꿀 수 있고, 단조로운 어휘를 감각적이고 구체적인 어휘로 바꿀 수 있다. 이때 전체 '톤앤매너 tone & manner'를 맞추는 게 중요하다.

아침 10시쯤 여자는 개를 끌고 그 '울루루'를 지나가곤 했다. 실험동물실이 있는 오른쪽 모서리에서 나타나 왼쪽 대각선 끝으로 사라졌다. 나는 실험실 창가에서 그 광경을 내려다보곤 했다. 여자는 좀 빨리 걸었고, 뒤따르는 개는 느리게 걸었다. 대체로 그랬다. 그 때문에 여자와 개 사이의 줄은 늘 팽팽했다.

– 강진, 《하티를 만난다면》 중 〈래트〉

└→ 어휘를 바꾼 문단

시곗바늘이 10시를 가리키면 여자는 개를 부리듯 '울루루'에 등장했다. 차가운 동물실험실이 있는 오른쪽 모서리에서 나타나 왼쪽 대각선 끝으로 도망치듯 사라졌다. 나는 3층 실험실 창가에서 그 기이한 행렬을 감시하듯 지켜봤다. 여자는 개를 재촉하며 휘몰아쳤고, 개는 무겁게 발을 떼며 저항했다. 둘 사이를 잇는 줄은 금방이라도 끊어질 듯 위태로운 긴장을 머금고 있었다.

포인트 인물의 감정이 섞인 "부리듯", "도망치듯 사라졌다", "기이한 행렬", "재촉하며 휘몰아쳤고", "발을 떼며 저항했다", "위태로운 긴장" 등 같은 어휘로 감정을 주관화하여 심리적 긴장감을 더했다.

시점 바꾸기

시점 바꾸기는 글의 '카메라 앵글'을 조정하는 작업이다. 3인칭을 1인칭으로 바꾸면 인물의 감정에 동화되기 쉽고, 인물의 주관적 진실이 중요해진다. 하지만 정보의 제한이라는 한계는 있다. 1인칭을 3인칭으로 바꿨을 때는 공간적 확장이나 객관적 미학을 획득할 수 있다. 시선 이동이 자유롭기 때문에 이야기의 전체 구조를 보여주기에 유리하다.

몇 주 동안 타미와 미루 사이에 쿠키라는 고양이가 있었다. 집에 오면 따라다니며 밖에서 있었던 일을 말하던 타미가 어느 날부터 쿠키 이야기만 했다. 처음엔 잘 들어주고 맞장구도 쳐줬다. 타미가 뭔가를 감추기 위해 쿠키를 내세운다는 걸 알면서부터 쿠키 이야기가 불편했다. 그나마 다행인 것은 쿠키를 집에 데리고 오자고 타미가 더 이상 우기지 않은 일이었다. 아무리 귀여워봤자 쿠키는 동네를 헤매고 다니는 고양이에 불과했다. 연갈색 털에 갈색 줄무늬가 있는 볼품없는 고양이. 집 앞 놀이터에서 처음 만났고, 그 후 자주 마주쳤다.

– 강진, 《하티를 만난다면》 중 〈타미와 미루〉

└→ 1인칭으로 바꾼 문단

몇 주 동안 나와 타미 사이에 쿠키라는 고양이가 있었다. 집에 오면 따라다니며 밖에서 있었던 일을 말하던 타미가 어느 날부터 쿠키 이야기만 했다. 처음엔 잘 들어주고 맞장구도 쳐줬다. 타미가 뭔가를 감추기 위해 쿠키를 내세운다는 걸 알면서부터 나는 쿠키 이야기가 불편했다. 그나마 다행인 것은 쿠키를 집에 데리고 오자고 타미가 더 이상 우기지 않은 일이었다. 아무리 귀여워봤자 쿠키는 동네를 헤매고 다니는 고양이에 불과했다. 연갈색 털에 갈색 줄무늬가 있는 볼품없는 고양이. 나는 쿠키를 집 앞 놀이터에서 처음 만났고, 그 후 자주 마주쳤다.

포인트 3인칭 시점을 1인칭 시점으로 바꾸면 의도적으로 가끔 '나'를 넣어주어 시점을 명확히 할 필요가 있다.

네팔을 떠나온 뒤에도 한동안 나는 여행자처럼 지냈다. 아무 목적 없이 하루를 살고, 이유 없이 낯선 곳을 돌아다녔다. 이따금 그 비릿한 히말라야 소금 맛이 그리웠다. 그리고 아주 가끔 억수같이 퍼붓던 빗소리가 환청으로 들렸다.

– 강진, 《하티를 만난다면》 중 〈당신이 하티를 만난다면〉

└→ 3인칭으로 바꾼 문단

네팔을 떠나온 뒤에도 한동안 그는 여행자처럼 지냈다. 아무 목적

없이 하루를 살고, 이유 없이 낯선 곳을 돌아다녔다. 이따금 그는 비릿한 히말라야 소금 맛을 그리워했다. 그리고 아주 가끔 억수같이 퍼붓던 빗소리가 환청이 되어 그의 귓가에 머물다 갔다.

포인트 3인칭(전지적 작가시점)으로 바꾸려면 서술어의 변화를 줘서 문장 흐름이 자연스러워지게 해야 한다. 3인칭 시점으로 바꾸면 '감정'이 '상태'로 전이된다. 1인칭은 지극히 개인적 일처럼 여겨지지만, 3인칭은 인물의 행동이나 상황이 하나의 표본을 만든다.

장소나 상황 바꾸기

장소나 상황을 바꾸는 연습은 글의 뼈대를 그대로 둔 채 내용을 바꾸는 훈련이다. 정서적 환기, 관계 재설정, 사물의 상징성 발견 등을 통해 서사적 개연성 훈련에 도움이 된다. 아래 예시문을 장소와 상황을 바꿔 노트에 적어보자.

아침 10시쯤 여자는 개를 끌고 그 '울루루'를 지나가곤 했다. 실험동물실이 있는 오른쪽 모서리에서 나타나 왼쪽 대각선 끝으로 사라졌다. 나는 실험실 창가에서 그 광경을 내려다보곤 했다. 여자는 좀 빨리 걸었고, 뒤따르는 개는 느리게 걸었다. 대체로 그랬다. 그 때문에 여자와 개 사이의 줄은 늘 팽팽했다.

– 강진, 《하티를 만난다면》 중 〈래트〉

└→ 장소와 상황을 바꾼 문단

오전 10시쯤, 지열이 아지랑이처럼 피어오를 때면 여자는 낙타를 끌고 거대한 모래분지를 가로질러 가곤 했다. 신기루처럼 일렁이는 오른쪽 모래 언덕에서 나타나, 지평선 너머 대각선 끝으로 사라졌다. 나는 버려진 관측소의 창가에서 그 사막의 정적을 내려다보곤 했다. 여자는 모래에 발이 빠지는 것을 견디며 걸었고, 뒤따르는 낙타는 지친 듯 느리게 걸었다. 대체로 그랬다. 그 때문에 여자와 낙타 사이의 줄은 늘 팽팽했다.

포인트 장소를 '사막'으로 바꾸는 순간 원문이 가진 '관조적 일상'이 '생존의 비장함'으로 변주된다. 이 산책은 일과가 아니라 어딘가로 향하는 절박한 여정처럼 읽히게 된다.

문단을 명료하게 완성하기 :

좋은 글은 좋은 문단에서 나온다. 문장을 하나씩 쓰는 데 그치지 않고, 하나의 문단을 완성하는 데 집중해야 한다. 이 단락에서는 주제문을 세우고, 그에 맞는 근거와 예시, 결론을 구성하는 훈련을 해보려고 한다. 생각을 덩어리로 묶고, 문단 단위로 표현하는 능력은 글의 설득력과 완성도를 결정짓는다. 이제 글쓰기의 기본 단위는 '문장이 아니라 문단이다'라는 걸 머릿속에 넣었을 것이다.

글쓰기는 결국 생각의 조직화다. 단어보다 문장, 문장보다 문단 단위로 생각하는 힘을 키워야 한다. 이 문단에서는 무엇을 말할지, 어떤 흐름으로 펼칠지를 먼저 생각하고 써보자. 생각이 문단 단위로 정리되면 글이 훨씬 명료해지고 길어져도 흔들리지 않는다. 한 문단은 하나의 생각이다. 그 생각이 연결되면 글이 된다.

갑자기 어떤 문장으로 시작해야 할지 막막하거든 '중심문장'만 생각하

자. 이 문단에서는 어떤 말을 하고 싶은 거지? 그 다음 중심문장에서 내용을 확산 분배하면서 진행해보자. 예를 들어서 아버지에 대한 이야기를 '아버지가 사용하시던 카메라'부터 시작한다고 가정해보자.

먼저 "나에겐 오래된 카메라가 하나 있다"라는 중심문장을 쓴다.

중심문장 나에겐 오래된 카메라가 하나 있다.

이 문장에서 구체화할 수 있는 것은 '오래된 카메라'다. 뒷받침문장으로 올 내용, 즉 '오래된 카메라'에 대한 정보를 나열해보자. 이것이 중심문장에서의 확산이면서 분배다.

뒷받침문장

① 아버지가 20여 년 사용하던 카메라다.

② 필름을 넣어야 하는 NikonFM2다.

③ 셔터스피드와 조리개로 노출을 맞춰야 하는 수동 카메라다.

④ 아버지 유품을 정리하면서 내가 갖게 된 카메라다.

①~④ 내용이 뒷받침문장의 요소로 올 수 있다. 이 내용을 바탕으로 중심문장이 문단 앞에 오는 문단을 만들면 다음과 같다.

ㄴ 완성한 문단

나에겐 오래된 카메라가 하나 있다. 아버지가 20여 년 사용하던 수

동카메라 NikonFM2이다. 아버지 유품을 정리하면서 내 차지가 되었다. 필름을 넣고 셔터스피드와 조리개로 노출을 맞춰야 하지만 아버지가 생각날 때면 가끔 카메라를 꺼내본다.

포인트 문단의 시작은 아버지가 사용하던 카메라였지만, 문단의 끝에 가서는 아버지에 대한 그리움이라는 글쓴이의 정서로 의미가 확산되었음을 확인할 수 있다. 중심문장이 문단 앞, 뒤, 앞과 뒤, 중간에 있는지, 그리고 무슨 말을 하려는 건지 이해한 후 확산 분배하는 방향을 정해야 한다.

중심문장이 문단 앞에 있는 경우

아내의 방은 늘 화려하였다. 내 방이 벽에 못 한 개 꽂히지 않은 소박한 것과 반대로 아내 방에는 천장 밑으로 쫙 돌려 못이 박히고 못마다 화려한 아내의 치마와 저고리가 걸렸다. 여러 가지 무늬가 보기 좋다. 나는 그 여러 조각의 치마에서 늘 아내의 동체와 그 동체가 될 수 있는 여러 가지 포즈를 연상하고 연상하면서 내 마음은 늘 점잖지 못하다.

– 이상, 〈날개〉

포인트 "아내의 방은 늘 화려하였다"가 문단 전체를 관통하는 중심문장이다. 뒤따라오는 뒷받침문장에서 이 '화려함'이 어떤 방식으로 드러나는지, 그리고 그것이 화자에게 어떤 영향을 미치는지를 구체화한다.

한 가지 흥미로운 소식을 전합니다. 얼마 전, 티브이 채널을 돌리다가 우연히 멸종된 동물 복제 프로젝트를 봤어요. 당신과 헤어지고 나서 멸종에 대한 기사들을 스크랩하기도 했답니다. 방송에서는 러시아 야나 강 일대 무스카냐 얼음 동굴에서 매머드 신체 조직이 발견되었다고 하더군요. 손상되지 않은 세포핵이 발견된다면 복제도 가능하다고. 오래전에 이미 지구에서 사라진 매머드가 복제된다면 멸종에 대한 의문도 풀리겠지요. 소리를 들을 수 없어 멸종의 길을 가야만 했던 프테로사우루스에 대한 수수께끼도 풀릴 날이 오겠지요.

– 강진, 《하티를 만난다면》 중 〈멸종의 기록〉

포인트 위의 문단은 "흥미로운 소식을 전한다"는 중심문장을 앞에 던져 독자의 주의를 환기한 후 이어지는 뒷받침문장을 통해 '흥미로운 소식'을 구체화하고 있다. 뒷받침문장은 다시 '사실'과 '추측'으로 나뉜다. 티브이에서 본 내용(사실)을 객관적으로 제시해서 글의 신뢰도를 확보하고, 복제가 실현되었을 때 기대할 수 있는 미래의 모습(멸종의 수수께끼 해결)을 추측함으로써 멸종을 '기다림과 희망'의 정서로 반전시킨다.

중심문장이 문단 뒤에 있는 경우

비가 아무리 쏟아져도 어떤 한정을 넘는 법은 없다. 물이 분수없이 늘어 떠내려갔던 게 아니라 자갈이 밀려 내려와 물구멍이 좁아졌든지, 그렇지 않으면, 어느 받침돌의 밑이 물살에 궁굴려 쓰러졌던 그런 까닭일 게다. 미리 바닥을 치고 미리 받침돌만 제대로 보살펴준다면 만년을 간들 무너질 리 없을 게다. 그저 늘 보살펴야 하는 거다. 사람이란 하늘 밑에 사는 날까진 하루라도 천리에 방심을 해선 안 되는 거다.

– 이태준, 《돌다리》

포인트 마지막 문장 "사람이란 하늘 밑에 사는 날까진 하루라도 천리에 방심을 해선 안 되는 거다"를 중심문장으로 볼 수 있다. 앞부분의 설명은 이 결론을 납득시키기 위한 비유적 근거다. 즉 이 글은 '삶은 지속적인 돌봄과 경계가 필요하다'는 생각을 중심에 두고 있다.

창과 나는 한참 동안 암각화를 쳐다봤다. 사위가 환해지면서 어둠 속에 있던 바위가 점점 그 모습을 드러냈다. 암각화는 보이지 않았지만 안내서에서 읽은 기억을 되살렸다. 그물에 갇힌 호랑이, 작살 맞은 고래, 춤을 추는 주술사, 혹등고래, 향유고래, 새끼를 업은 귀신고래, 암각화 박물관에서 우리는 선명하게 새겨진 고래들을 볼 수 있었다. 이제 바위 위에 새겨진 암각화는 그 형태가 마모되어 사라지고 말았다. 암각화는 이미 슬라이드 필름 속에서만 존재했다.

– 강진, 《하티를 만난다면》 중 〈귀신고래 찾아가는 밤〉

포인트 "이제 바위 위에 새겨진 암각화는 그 형태가 마모되어 사라지고 말았다"가 중심문장이다. 이 문장을 마지막 문장에서 "암각화는 이미 슬라이드 필름 속에서만 존재했다"로 압축시켜 다시 한 번 제시하고 있다. 장면의 묘사와 기억의 소환은 모두 '현재의 암각화는 더 이상 실재하지 않는다'는 결론을 위한 과정이다.

중심문장이 문단 중간에 있는 경우

돌아오고 싶었니? 걸으며 나는 스스로에게 묻고 있었다. 누구에게도 다시 그 집으로 돌아가고 싶다고 말한 적이 없었다. 하지만 그 집으로 다시 돌아가겠다고 나는 나 자신에게 수없이 말을 했었다. 기억 속의 그 집은 늘 견고했다. 낡지 않고, 퇴락하지 않은 채 굳건히 남아 있었다. 적어도 내 기억 속엔, 그랬다. 아무도 살지 않은 집은 조금씩 부서지고, 천천히 허물어져 갔지만 내가 기억하는 그 집은 그대로였다. 모든 것이 시간과 함께 무너져 내린다고 하지만 시간이 가면서 더 굳건해지는 것도 있었다. 그 집에 대한 기억이 내겐 그랬다.

– 강진, 《하티를 만난다면》 중 〈농게〉

포인트 "기억 속의 그 집은 늘 견고했다" 또는 문단의 결론까지 포함한 "모든 것이 시간과 함께 무너져 내린다고 하지만 시간이 가면서 더 굳건해지는 것도 있었다"가 핵심 문장이다. 문단 전체는 '실제의 집'이 아니라 '기억 속의 집은 시간이 지나도 무너지지 않는다'는 인식을 설명하는 내용이다.

주제 하나로 문단 3개 쓰기 :

지금까지 문단에 대한 이론을 익히고 예시문을 필사하면서 연습했으니 이제 좀 더 긴 글을 쓰는 도전을 해보자.

한 가지 주제로 문단 3개를 구성해보는 연습은 사고의 흐름을 글로 정리하는 데 매우 효과적이다. 첫 번째 문단(처음)-두 번째 문단(중간)-세 번째 문단(끝)의 기본 구조를 연습하면서, 각 문단의 역할을 분명히 나누고 연결해보자. 이 연습을 통해 전체 글의 뼈대를 설계하는 능력을 기를 수 있다. 작지만 완성된 하나의 글을 써보는 가장 실질적인 문단 연습이다. 더 긴 글은 두 번째 문단, 즉 글의 중간을 얼마나 늘리느냐에 달려 있다.

우선 3개의 문단을 쓰는 연습부터 시작하자. 하나의 주제를 3개의 문단으로 확장해보는 것이다. 다음 안내에 따라 처음-중간-끝, 또는 원인-과정-결과처럼 구조를 의식하며 글을 써보자.

연습1 관찰과 묘사

주제 : 내 방 창문 너머의 풍경

1문단_ 전경 창문의 크기나 모양, 창밖으로 보이는 전체적인 풍경 또는 계절, 날씨 시간 등을 묘사한다.
2문단_ 초점 그 풍경 속에서 가장 눈에 띄는 '하나의 움직임(지나가는 사람 등)'이나 '사물(흔들리는 나뭇가지, 깜빡이는 가로등 등)'에 집중한다.
3문단_ 감상 그 풍경을 바라보고 있는 현재의 내 기분이나 그 풍경이 주는 느낌으로 마무리한다.

↳ 완성한 문단

1문단_ 전경

창문은 생각보다 컸고 아래쪽이 살짝 바깥으로 기울어진 오래된 형태였다. 유리는 군데군데 잔흠집이 나 있었고 창틀에는 지난 계절의 먼지가 얇게 내려앉아 있었다. 창밖으로는 늦가을의 오후가 한눈에 들어왔다. 잎이 거의 떨어진 가로수들이 줄지어 서 있었고 흐린 하늘 아래로 회색빛 도로가 길게 뻗어 있었다. 비가 올 듯 말 듯한 날씨였고, 햇빛은 힘없이 퍼져 시간의 경계를 흐리게 만들고 있었다.

2문단_ 초점

그 풍경 속에서 가장 먼저 눈에 들어온 것은 보도블록 위를 천천히 건너는 한 사람의 그림자였다. 사람보다 조금 늦게 따라오는 그 그림자는 가로수 사이를 지날 때마다 길게 늘어났다 짧아졌다를 반복했다. 바람이 불 때마다 도로 위에 남은 낙엽들이 그 그림자 주변에서 소리를 내며 움직였고 그때마다 그림자는 잠시 흔들리다가 다시 제 모양을 찾았다.

3문단_ 감상

나는 이 모든 풍경을 한동안 말없이 바라보고 있었다. 특별한 사건도 선명한 이유도 없었지만 마음이 이상하게 가라앉았다. 빠르지도 느리지도 않은 걸음, 반복되는 움직임, 금세 사라질 그림자까지 모두 지금의 내 기분과 닮아 있는 것 같았다. 창밖의 풍경은 변하지 않았지만 그것을 바라보는 동안 내 안에서는 무언가가 조용히 정리되고 있다는 느낌이 들었다.

연습2 시간의 흐름

주제 : 가장 길게 느껴졌던 10분

1문단_ 상황 제시 언제, 어디서, 왜 10분을 기다려야 했는지 상황을 설명한다.

2문단_ 심리 묘사 그 10분 동안 내 마음속에서 일어난 조바심, 걱정, 엉뚱한 상상 등 내면의 변화를 구체적으로 쓴다.

3문단_ 결과와 해소 10분이 지난 후 어떤 일이 일어났으며 그 순간 긴장이 어떻게 풀렸는지 쓴다.

└→ 완성한 문단

문단_ 상황 제시

그날 아침 나는 회사 건물 3층에 있는 면접 대기실에서 기다리고 있었다. 마지막 지원자라서인지 예정된 시간보다 조금 늦어지고 있었다. 회색 의자들이 벽을 따라 가지런히 놓여 있었고, 벽시계 초침 소리만 유난히 또렷하게 들렸다. 담당자가 곧 부르겠다고 말했지만 그 '곧'이라는 말이 정확히 언제일지는 알 수 없었다. 나는 아무것도 할 수 없는 상태로 10분을 더 견뎌야 했다.

2문단_ 심리 묘사

처음 몇 분은 괜히 자세를 고쳐 앉으며 버텼지만 시간이 흐를수록 마음이 점점 조급해졌다. 방금 답했던 질문이 떠올랐다가 미처 하지 못한 말이 생각나기도 했다. 혹시 이미 결과가 정해진 건 아닐까, 면접관들의 표정은 왜 그렇게 무덤덤했을까 같은 생각이 꼬리를 물었다. 엉뚱하게도 집에 두고 온 우산이 떠올랐고 오늘 저녁에는 뭘 먹을지까지 생각이 흘러갔다. 생각은 계속 다른 방향으로 튀었지만 다시 돌아오면 언제나 같은 불안 속에 멈춰 있었다.

3문단_ 결과와 해소

정확히 10분이 지났을 즈음 대기실 문이 열리며 내 이름이 불렸다. 그 순간 몸에 들어가 있던 힘이 한꺼번에 빠져 나가는 것 같았다. 결과가 좋든 나쁘든 기다림이 끝났다는 사실만으로도 숨이 한결 편해졌다. 나는 자리에서 일어나며 방금 전까지 나를 붙잡고 있던 조바심이 생각보다 쉽게 사라질 수 있다는 사실이 조금 낯설게 느껴졌다.

연습3 사유와 정의

주제 : 내가 생각하는 '어른'의 정의

1문단_ 정의 내가 생각하는 '어른'이란 무엇인지 한 문장의 중심 문장으로 정의한다.

2문단_ 반론/경험 예전에는 어른을 어떻게 생각했는지 혹은 세상이 말하는 어른의 기준은 무엇인지 비교하며 나의 정의를 구체화한다.

3문단_ 다짐/결론 나는 어떤 어른이 되고 싶고 싶은지, 혹은 지금 나는 그 기준에 얼마나 가까이 와 있는지 정리한다.

└→ **완성한 문단**

1문단_ 정의

내가 생각하는 어른이란 모든 것을 혼자 감당하는 사람이 아니라 도움을 청해야 할 순간을 아는 사람이다.

2문단_ 반론/경험

예전의 나는 어른을 늘 단단한 존재로 생각했다. 힘든 티를 내지 않고 흔들리지 않으며 스스로를 통제할 수 있는 사람이 어른이라고 믿었다. 세상도 비슷한 기준을 내밀었다. 참고 견디는 사람, 책임을 미루지 않는 사람, 약해 보이지 않는 사람이 어른처럼 보였다. 하지만 시간이 지나면서 그런 기준이 얼마나 많은 사람을 침묵하게 만드는지 알게 되었다. 정작 가장 버거운 순간에는 혼자 버티느라 더 깊이 무너졌고 말 한 마디 꺼내지 못한 채 스스로를 몰아붙였다. 그 경험을 통해 나는 어른다움이 강함이 아니라 자신의 한계를 인정하는 태도일지도 모른다는 생각을 하게 되었다.

3문단_ 다짐/결론

혼자서 다 해내는 어른이 아니라 필요할 때 손을 내밀 줄 아는 어른이 되고 싶다. 여전히 도움을 청하는 일은 쉽지 않지만 예전처럼 그것을 실패나 무능으로만 여기지는 않는다. 책임을 지는 또 다른 방식이라는 걸 조금씩 배우고 있다. 적어도 어떤 어른이 되고 싶은지는 분명해졌다.

연습4 사물에 감정 이입하기

주제 : 오래된 물건이 들려주는 이야기

1문단_ 만남 서랍 깊은 곳이나 책상 위에서 그 물건을 발견한 순간과 물건의 겉모습(낡음의 정도)을 묘사한다.

2문단_ 기억 그 물건을 처음 샀을 때, 혹은 그 물건과 함께했던 특별한 에피소드를 회상한다.

3문단_ 의미 왜 아직 버리지 못했는지, 이 물건이 현재 나에게 어떤 의미(위로, 미련, 추억 등)인지 서술한다.

↳ 완성한 문단

1문단_ 만남

이사 준비를 하다 서랍 맨 안쪽에서 오래된 손목시계를 발견했다. 배터리가 다돼 멈춘 지 오래였는지 초침은 한 자리에 고정되어 있었고 유리 표면에는 잔흠집이 빛을 받아 희미하게 드러났다. 가죽 줄은 가장자리부터 갈라져 있었고 손에 쥐자 오래된 종이처럼 힘없이 휘어졌다. 한때 매일 차고 다녔을 물건이라는 사실이 믿기지 않을 만큼 시계는 조용히 낡아 있었다.

2문단_ 기억

이 시계를 산 날은 첫 직장에 합격한 뒤였다. 큰맘 먹고 매장에 들어가 유리 진열대 앞에서 한참을 서성이다가 결국 가장 단순한 디자인을 골랐다. 출근 첫날 아침, 괜히 시간을 몇 번이나 확인하며 손목을 들여다봤던 기억이 난다. 회의실에 들어가기 전에도 야근을 마치고 막차를 타기 전에도 이 시계를 찼다. 바쁘고 서툴렀던 그 시절의 하루하루가 이 시계와 함께 흘러갔다.

3문단_ 의미

지금은 더 정확한 시계도 있고 굳이 손목시계를 차지 않아도 시간을 알 수 있다. 그럼에도 이 시계를 버리지 못한 이유는 멈춘 시계가 나의 한 시절을 그대로 붙잡고 있는 것 같기 때문이다. 잘하고 싶어서 애썼고 조금은 두려웠지만 앞으로 나아가던 때의 마음이 이 안에 남아 있다. 이 시계는 이제 시간을 알려주지는 않지만 내가 어디서 시작했는지를 조용히 상기시켜주는 물건이다.

연습 5 관계와 대화

장면 재현 ➜ 시간의 거리 두기 ➜ 가정된 대화

주제 : 다시 하고 싶은 그날의 대화

1문단_ 후회의 장면 그 당시 대화가 오갔던 상황과 내가 내뱉었던(혹은 삼켰던) 말을 생생하게 재현하다.

2문단_ 전환과 깨달음 그때는 몰랐지만 지금은 알게 된 상대방의 마음이나 나의 부족함을 서술한다.

3문단_ 가정 만약 그 순간으로 돌아간다면 어떤 말을 건네고 싶은지 대화를 적으며 마무리한다.

└→ **완성한 문단**

1문단_ 후회의 장면

그날 그와 퇴근길 지하철역 앞에서 잠시 이야기를 나눴다. 사람들은 스쳐 지나갔고 전광판의 도착 알림 소리가 대화를 자꾸 끊었다. 그는 조심스럽게 "요즘 좀 힘들어."라고 말했지만 나는 그 말을 끝까지 듣지 않았다. "다들 그 정도는 버텨."라는 말을 먼저 내뱉고 말았다. 사실 그 뒤에 하고 싶었던 말이 있었다. 괜찮냐고, 언제부터 힘들었냐고 묻고 싶었지만 그 말들은 입안에서만 맴돌다 결국 삼켜졌다. 그는 더 이상 아무 말도 하지 않았고 우리는 어색하게 인사를 나눈 뒤 각자 다른 방향으로 내려갔다.

2문단_ 전환과 깨달음

그때의 나는 그가 얼마나 용기를 내어 그 말을 꺼냈는지 알지 못했다. 지금에 와서야 '힘들다'는 말이 단순한 푸념이 아니라 도움을 청하는 신호였다는 걸 이해하게 되었다. 나 역시 버티는 법만 배우느라 누군가의 약함을 받아들이는 방법에는 서툴렀다. 상대의 마음을 헤아리지 못했다기보다 나 자신의 불안과 여유없음이 그의 말을 밀어낸 셈이었다. 시간이 지나고 나서야 그날의 침묵이 나의 부족함에서 비롯되었다는 사실을 인정하게 되었다.

3문단_가정

만약 그 순간으로 다시 돌아갈 수 있다면 나는 다른 말을 하고 싶다. "그렇구나, 많이 힘들었겠다." 그리고 잠시 멈춰서 그의 얼굴을 제대로 바라보며 이렇게 덧붙이고 싶다. "지금 당장 해결책은 없어도 네 이야기는 끝까지 듣고 싶어." 아마 그렇게 말한다면 대화는 조금 더 오래 이어졌을 것이다. 결과가 달라지지 않더라도 적어도 그는 혼자가 아니라는 느낌을 받았을지 모른다. 지금의 나는 그 한 문장을 건네지 못한 일을 여전히 마음에 남겨두고 있다.

여기서 세 문단을 만들어보는 연습은 '세 덩어리'를 만들어보는 것이다. 레고 블록 3개를 조립해서 덩어리를 만들고 다시 하나의 작은 집을 만든다고 상상해보라. 막연하게 길게 쓰는 것보다 딱 세 문단으로 끊어 쓰는 구조를 익히는 것이 글쓰기 근육을 키워가는 효과적인 방법이다.

필사하며 익히는
나만의 문단

벤저민 버튼에게 일어난 기이한 현상

그는 아무것도 기억하지 못했다. 어제 마신 우유가 따스했는지 차가웠는지도, 지나온 나날들이 어떠한 모습이었는지도 그에겐 남아 있지 않았다. 그저 기억하지 못할 뿐이었다. 세상에는 이제 아기 침대와 보모 나나의 친숙한 얼굴만이 존재했다. 그에게 기억이란 이미 사라져버린 것이었다. 배가 고프면 울음을 터뜨렸고, 그것이 그가 할 수 있는 전부였다. 낮과 밤이 흐르는 동안 그는 숨을 쉬었다. 그의 머리 위로 부드러운 중얼거림과 속삭임이 아주 희미한 소리가 되어 들려왔고, 그 너머로 어렴풋한 냄새와 빛, 그리고 어둠만이 감돌고 있을 뿐이었다. 그러다 마침내 모든 것이 어두워졌다. 하얀 아기 침대와 그 위에서 어른거리던 흐릿한 얼굴들, 그리고 우유의 따스하고 달콤한 향기마저 그의 마음속에서 일시에 사라져버렸다.

F. 스콧 피츠제럴드 지음

타미와 미루

몇 주 동안 타미와 미루 사이에 쿠키라는 고양이가 있었다. 집에 오면 따라다니며 밖에서 있었던 일을 말하던 타미가 어느 날부터 쿠키 이야기만 했다. 처음엔 잘 들어주고 맞장구도 쳐줬다. 타미가 뭔가를 감추기 위해 쿠키를 내세운다는 걸 알면서부터 쿠키 이야기가 불편했다. 그나마 다행인 것은 쿠키를 집에 데리고 오자고 타미가 더 이상 우기지 않은 일이었다. 아무리 귀여워봤자 쿠키는 동네를 헤매고 다니는 고양이에 불과했다. 연갈색 털에 갈색 줄무늬가 있는 볼품없는 고양이. 집 앞 놀이터에서 처음 만났고, 그 후 자주 마주쳤다.

강진 지음

마음

열 평 남짓한 땅에는 작약이 빈틈없이 심겨 있었으나, 제철이 아닌 탓에 아직 단 한 송이의 꽃도 피워내지 못하고 있었다. 이 작약 밭 옆에 놓인 낡은 평상 같은 곳에 선생님은 대자로 누웠다. 나는 그 한쪽 끝에 걸터앉아 담배를 피웠다. 선생님은 시리도록 파랗고 투명한 하늘을 올려다보고 있었다. 나는 나를 포근히 감싸안는 연둣빛 어린잎들에 마음을 온통 빼앗겼다. 그 어린 잎사귀들을 하나하나 가만히 뜯어 보니 저마다의 색감이 모두 달랐다. 같은 단풍나무 가지에 매달려 있을지언정 색이 같은 잎은 단 하나도 없었다. 그때 가느다란 삼나무 묘목 끝에 걸려 있던 선생님의 모자가 바람을 이기지 못하고 툭, 땅으로 떨어졌다.

나쓰메 소세키 지음

마음

나는 내 과거의 선(善)과 악(惡) 모두를, 타인들이 삶의 이정표로 삼을 수 있도록 내놓을 생각이라네. 하나, 내 아내만큼은 단 한 사람의 예외로 남겨 두게나. 나는 그녀에게 그 무엇도 알리고 싶지 않네. 아내가 나에 대해 간직한 기억을 가급적이면 때 묻지 않은 순백의 상태로 지켜주는 것만이 나의 유일한 염원이라네. 그러니 내가 세상을 떠난 뒤에도 아내가 살아 있는 한, 자네에게만 털어놓은 이 비밀은 부디 모든 것을 가슴 깊이 묻어주게.

나쓰메 소세키 지음

당신이 하티를 만난다면

네팔을 떠나온 뒤에도 한동안 나는 여행자처럼 지냈다. 아무 목적 없이 하루를 살고, 이유 없이 낯선 곳을 돌아다녔다. 이따금 그 비릿한 히말라야 소금 맛이 그리웠다. 그리고 아주 가끔 억수같이 퍼붓던 빗소리가 환청으로 들렸다.

강진 지음

래트

아침 10시쯤 여자는 개를 끌고 그 '울루루'를 지나가곤 했다. 실험동물실이 있는 오른쪽 모서리에서 나타나 왼쪽 대각선 끝으로 사라졌다. 나는 실험실 창가에서 그 광경을 내려다보곤 했다. 여자는 좀 빨리 걸었고, 뒤따르는 개는 느리게 걸었다. 대체로 그랬다. 그 때문에 여자와 개 사이의 줄은 늘 팽팽했다.

강진 지음

마음

예전에 그 사람 앞에서 무릎을 꿇었다는 기억이 이번에는 그 사람 머리 위에 발을 올리게 하는 거라네. 나는 미래의 모욕을 받지 않기 위해 지금의 존경을 물리치고 싶은 거지. 난 지금보다 한층 외로울 미래의 나를 견디는 대신에 외로운 지금의 나를 견디고 싶은 거야. 자유와 독립과 자기 자신으로 충만한 현대에 태어난 우리는 그 대가로 모두의 이 외로움을 맛봐야 하는 거겠지.

나쓰메 소세키 지음

농게

그 아궁이는 농게들의 무덤이었다. 마당까지 기어 온 붉은 농게들이 죽으면 엄마는 그놈들을 아궁이 속으로 밀어 넣어 태웠다. 농게들의 다섯 쌍 발은 불 속에서 움찔거렸다. 마치 다시 살아난 듯 꿈틀거렸다. 움직임이 멈출 때쯤 등껍질이 붉게 변했고, 터진 껍질 틈으로 물이 배어 나왔다. 탁탁탁. 곧 복부가 터지는 소리가 났다. 농게들이 하얗게 변해서 결국 불 속에서 그 흔적을 찾을 수 없게 될 때까지 나는 아궁이 앞에 쭈그리고 앉아 있었다. 그 기억 때문인지 집을 떠올릴 때면 가장 먼저 붉은 농게가 생각났다. 농게들의 무덤. 이렇게 말하는 것은 좀 과장일 수 있다. 하지만 누가 나에게 그 집을 설명하라고 한다면 먼저 농게들 이야기를 꺼낼 수밖에 없다.

강진 지음

날개

아내의 방은 늘 화려하였다. 내 방이 벽에 못 한 개 꽂히지 않은 소박한 것과 반대로 아내 방에는 천장 밑으로 쫙 돌려 못이 박히고 못마다 화려한 아내의 치마와 저고리가 걸렸다. 여러 가지 무늬가 보기 좋다. 나는 그 여러 조각의 치마에서 늘 아내의 동체와 그 동체가 될 수 있는 여러 가지 포즈를 연상하고 연상하면서 내 마음은 늘 점잖지 못하다.

이상 지음

돌다리

비가 아무리 쏟아져도 어떤 한정을 넘는 법은 없다. 물이 분수없이 늘어 떠내려갔던 게 아니라 자갈이 밀려 내려와 물구멍이 좁아졌든지, 그렇지 않으면, 어느 받침돌의 밑이 물살에 궁굴려 쓰러졌던 그런 까닭일 게다. 미리 바닥을 치고 미리 받침돌만 제대로 보살펴준다면 만년을 간들 무너질 리 없을 게다. 그저 늘 보살펴야 하는 거다. 사람이란 하늘 밑에 사는 날까진 하루라도 천리에 방심을 해선 안 되는 거다.

이태준 지음

귀신고래 찾아가는 밤

창과 나는 한참 동안 암각화를 쳐다봤다. 사위가 환해지면서 어둠 속에 있던 바위가 점점 그 모습을 드러냈다. 암각화는 보이지 않았지만 안내서에서 읽은 기억을 되살렸다. 그물에 갇힌 호랑이, 작살 맞은 고래, 춤을 추는 주술사, 혹등고래, 향유고래, 새끼를 업은 귀신고래, 암각화 박물관에서 우리는 선명하게 새겨진 고래들을 볼 수 있었다. 이제 바위 위에 새겨진 암각화는 그 형태가 마모되어 사라지고 말았다. 암각화는 이미 슬라이드 필름 속에서만 존재했다.

강진 지음

농게

돌아오고 싶었니? 걸으며 나는 스스로에게 묻고 있었다. 누구에게도 다시 그 집으로 돌아가고 싶다고 말한 적이 없었다. 하지만 그 집으로 다시 돌아가겠다고 나는 나 자신에게 수없이 말을 했었다. 기억 속의 그 집은 늘 견고했다. 낡지 않고, 퇴락하지 않은 채 굳건히 남아 있었다. 적어도 내 기억 속엔, 그랬다. 아무도 살지 않은 집은 조금씩 부서지고, 천천히 허물어져 갔지만 내가 기억하는 그 집은 그대로였다. 모든 것이 시간과 함께 무너져 내린다고 하지만 시간이 가면서 더 굳건해지는 것도 있었다. 그 집에 대한 기억이 내겐 그랬다.

강진 지음

글쓰기는 결국,
한 문단을 쓰는 힘에서 시작된다

글쓰기를 시작하겠다고 마음먹을 때 사람들은 종종 '문장'부터 생각한다. 멋진 문장, 울림 있는 표현, 단어의 조합을 떠올리며 좋은 글을 쓸 수 있으리라 기대한다. 소설 습작을 시작할 때 나도 그랬다. 어떤 문장을 쓸까 고심했다. 인상적인 문장이나 멋진 표현을 발견하면 따로 적어놓고 비슷한 형식으로 나의 글에 차용해보기도 했다. 하지만 소설 쓰기가 거듭될수록 문장에 대한 고민이 자연스럽게 '문단'으로 옮겨갔다. 그리고 깨달았다. 문장은 홀로 서지 못하고 문장과 문장이 묶인 문단 안에서 비로소 힘을 얻는다는 사실을.

그러다 글쓰기 강의를 하게 될 기회가 생겼다. 목소리도 작은 편이고 남들 앞에 서서 말하는 걸 그다지 좋아하지 않았지만 의외로 글쓰기 강의가 즐거웠다. 특히 원고를 앞에 놓고 공개적으로 첨삭할 때면 '이분들도 내가 글쓰기를 처음 시작할 때와 비슷한 고민을 하고 계시구나.' 하는 생각이 들 때가 많았다. 해결의 실마리를 찾기 위해 끙끙대던 예전 습작 시절까지 거슬러 올라가 그분들에게 글쓰기 방법론에 대해 설명하고 있는 '나'를 발견하곤 했다. 글을 쓰면서 터득했던 것들이 글쓰기 강의를 통해 이론으로 만들어지고, 나만의 글쓰기 강의 방법론이 만들어졌다. 문단 쓰기도 그 중 하나다.

글쓰기는 문단을 이해하는 데서 출발한다. 10여 년간 글쓰기 강의를 하면서 문단을 제대로 쓰기만 해도 해도 글이 단정하고 글쓴이의 의도대로 써나갈 수 있다고 수없이 강조했다. 그 어디에도 '문단 잘 쓰기'에 대한 자세한 방법론은 없었다. 문단이란 무엇인가, 문단에는 어떤 요소들이 포함되어 있는가, 중심문장은 무엇이고, 뒷받침문장은 무슨 역할을 하는가, 문단의 크기는 독자에게 어떤 걸 암시하는가, 글을 쓰는 사람들은 어떻게 문단을 써야 할까 등의 내용으로 강의안을 만들었다. 이 강의안이 이 책에 실린 문단 글쓰기의 핵심 내용이다. 다듬다 보니 나중엔 문단에 대한 강의가 더 세분화되었다. 그리고 수강생들의 원고도 문단이라는 단위를 잘 이해하고 있는가 또는 그렇지 않는가에 따라 글의 수준이 차이 나는 걸 확인할 수 있었다. 물론 문단에 대한 기본 지식을 이론으로 안다고 해서 바로 적용할 수 있는 건 아니다. 하지만 문단이라는 걸 알고 글을 쓰는 것과 그렇지 않고 글을 쓰는 것에는 분명 차이가 있다. 이걸 알고 글쓰기를 훈련하다 보면 좋은 글을 쓸 수 있다. 어디서 멈추고, 어디서 깊이 들어가고, 어디서 강조해야 하는지는 문장이 아닌 문단 흐름에서 결정되기 때문이다. 따라서 글을 더 잘 쓰기 위해서는 문단이라는 단위를 이해해야 한다.

문단은 단순히 문장의 집합이 아니다. 하나의 중심 생각이 자리 잡고,

그것을 둘러싸고 여러 문장들이 유기적으로 연결되어야 문단이 완성된다. 즉 흐름이 있고, 논리가 있고, 리듬이 생긴다. 한 문단을 제대로 쓸 수 있다는 것은, 하나의 생각을 제대로 구성할 수 있다는 뜻이다. 하지만 그 '제대로'가 말처럼 쉽지 않다. 중심문장을 세우는 법, 뒷받침문장을 배열하는 감각, 문장을 유기적으로 이어가는 호흡은 단순히 원리를 배운다고 익혀지지 않는다.

글쓰기에는 유행이 있다. 짧고 강한 문장이 인기 있는 시대가 있었고, 반대로 길고 섬세한 문장이 추앙받던 시절도 있었다. 하지만 어떤 시대든 변하지 않는 것이 있다. '문단이 글의 기본 단위'라는 사실이다. 콘텐츠는 플랫폼마다 다르지만, 생각을 구성하는 방식은 여전히 문단을 중심으로 작동한다. 독자가 읽으며 받아들이는 단위가 문단이기 때문이다.

그래서 나는 이 책에서 좋은 문학작품의 문장을 '손으로' 따라 써보자고 제안했다. 읽는 것만으로는 닿기 어려운 문단의 감각을, 쓰는 행위 속에서 체득할 수 있기 때문이다. 누군가의 문장을 따라 쓰면서 우리는 저자가 선택한 단어의 정밀함, 문장 사이의 거리, 문단 전체의 흐름을 온몸으로 느끼게 된다. 필사는 단순한 문장의 반복이 아니라, 문장의 호흡을 내 안에 새기는 과정이다.

오래된 문학작품은 이미 수많은 세월을 통과한 문장들이다. 그 문장들은 시간의 검증을 견디며 살아남았고, 여전히 독자들의 사고를 움직이고 감정을 일깨운다. 그런 문장을 따라 쓰는 일은 단지 고전의 향기를 느끼는 일이 아니라, 문장을 문단으로 엮는 방식, 생각을 구성하는 구조의 미학을 배우는 일이다. 나는 이 책을 쓰며 다시금 문단의 힘을 느꼈다. 한 편의 글이 기억에 남는 것은 결국 문장 때문이 아니라, 그 문장들이 어떻게 하나의 생각으로 연결되었는가에 달려 있다는 사실을.

글을 쓰기 전에, 한 번쯤 이렇게 물어보길 바란다. "이 문단은 무엇을 말하려고 하는가?" 문장이 아니라 문단 단위로 생각하는 습관이 생기면, 글이 달라질 것이다. 더 분명해지고, 더 부드러워지고, 더 설득력이 생길 것이다. 그리고 언젠가는 당신만의 문단, 당신만의 리듬을 가진 글을 쓰게 될 것이다.

나는 이 책이 문단을 '배우는 책'이 아니라, 문단을 '몸에 익히는 책'이 되기를 바란다. 문단은 이해하는 것이 아니라, 써보며 체득해야 한다. 고전의 문장을 따라 쓰며, 문단의 흐름을 복기하고, 나만의 문단을 구성해보는 이 여정은 아마도 느리고 반복적인 과정이 될 것이다. 하지만 그 느린 시간이 지나면 분명 문장이 다르게 보이고, 글쓰기가 한층 가까워질 것이다.

문단이라는 든든한 도구를 익혔으니 이제는 당신의 이야기를 만들어갈 차례다.

끝까지 완성하는 글쓰기 수업

AI가 알려주지 않는 문단 쓰기의 비밀

1판 1쇄 인쇄 2026년 4월 1일
1판 1쇄 발행 2026년 4월 10일

—

지음 강진

—

펴낸이 김은중
편집 허선영 **디자인** 김순수
펴낸곳 가위바위보
출판 등록 2020년 11월 17일 제 2020-000316호
주소 경기도 부천시 소향로 25, 511호 (우편번호 14544)
전화 070-4242-5011 **전자우편** gbbbooks@naver.com
네이버블로그 gbbbooks **인스타그램** gbbbooks **페이스북** gbbbooks

—

ISBN 979-11-92156-50-7 03800

가위바위보 출판사는 나답게 만드는 책, 그리고 다함께 즐기는 책을 만듭니다.